LA JOIE DU DUC

IL Y A DE L'AMOUR DANS L'AIR
TOME TROIS

DARCY BURKE

Traduction par
SOPHIE SALAÜN

Zealous Quill Press

Pour mes enfants, qui sont la définition même de la joie.

LA JOIE DU DUC

Privé de la femme de ses rêves par l'ingérence de son père, Calder Stafford a passé les dix dernières années à prouver qu'il était autonome, austère et totalement indifférent aux joies de la vie. Maintenant qu'il est duc de Hartwell, il veut prendre sa revanche en abolissant les traditions des fêtes de fin d'année que son père aimait tant. Ses sœurs ne le feront pas fléchir, pas plus que la femme, récemment revenue en ville, qui lui a été volée.

De retour à Hartwell pour prendre soin de sa mère, Felicity Garland, veuve, est ravie de rentrer chez elle, surtout pour les fêtes de fin d'année. Cependant, les joyeuses festivités auxquelles elle s'attend ne sont pas au rendez-vous. Lorsqu'elle remonte à la source du problème – le duc –, elle est sidérée de constater à quel point le jeune homme qu'elle aimait autrefois s'est endurci. C'est à elle de briser la forteresse impénétrable qui entoure son cœur, non seulement pour sauver Noël, mais pour le sauver lui aussi.

CHAPITRE 1

Comté de Durham, Angleterre
Décembre 1811

Felicity était de retour.

Calder quitta le salon de sa propriété, Hart-wood, par la même porte que ses jeunes sœurs venaient d'emprunter pour partir. Mais il ne les suivit pas. Il partit à la recherche d'un valet de pied qu'il envoya à l'écurie pour qu'un palefrenier selle son cheval. Après avoir demandé à un second d'aller chercher son pardessus, son chapeau et ses gants, Calder sortit. Peu de temps après, il fonçait vers le village de Hartwell.

Créé au Moyen Âge, le bourg s'articulait autour d'une place de marché centrale. La flèche de l'église Saint-Cuthbert, datant du XIIe siècle, se dressait en sentinelle au-dessus de ce charmant assemblage de commerces et de cottages.

À l'approche des fêtes de fin d'année, les portes et les fenêtres étaient ornées de feuillages décoratifs. Il régnait une atmosphère de bonne humeur. Cependant, elle ne pénétrait pas la façade soigneusement érigée par Calder. Des mots comme *pittoresque*, *festif* et *joie* n'avaient pas leur place dans son cœur.

La simple pensée de cet organe rendait le sien douloureux. Ou, plus probablement, c'était parce qu'il savait que Felicity Templeton, à présent Felicity Garland, était proche.

Calder savait que sa mère était retournée à Hartwell l'année passée, mais il avait tout fait pour l'éviter. Pourtant, il savait précisément où elle vivait. Sinon, comment être certain de ne pas l'approcher ?

Faisant tourner son cheval dans Kingston Street, il aperçut le cottage de Mme Templeton un peu plus loin. Comme ses voisines, la maison était ornée de branches de sapin. De la fumée s'échappait de la cheminée, s'élevant au-dessus du toit de chaume.

Et maintenant ?

Il se rendit compte qu'il ne savait pas ce qu'il devait faire. Lui parler ? Il frémit intérieurement à cette idée. Felicity s'était enfuie plus de dix ans auparavant, lui brisant le cœur.

Pourtant, il avait beaucoup de choses à lui dire. Les questions et la colère se bousculaient dans son esprit. Pourquoi était-elle partie sans un mot ?

Mais il savait pourquoi. Le père de Calder avait payé sa famille, assurant leur avenir pour que le mariage avec l'héritier d'un duché ne soit pas nécessaire. Apparemment, c'était la seule motivation qui l'avait poussée à se rapprocher de lui pour qu'il la courtise. Pas l'amour, ni l'attirance, ni une quelconque affection. Seule l'avarice l'avait motivée.

Calder inspira profondément. L'air froid de l'hiver emplit ses poumons, le gelant intérieurement, comme tout le monde pensait qu'il l'était déjà. Il avait un cœur de glace et une âme creuse. C'était ce que les gens disaient.

Et ils n'avaient pas tort.

Une silhouette sortit du cottage, suivie d'une autre. Calder fit passer son cheval sur un chemin latéral, et se plaça derrière un arbre.

Les deux femmes franchirent le portail donnant sur la rue et joignirent leurs bras. Même à cette distance, Felicity était exactement comme dans son souvenir. Grande et dotée de courbes à faire pleurer un homme de désir, elle avait des traits si fins que tous les artistes du royaume auraient voulu la peindre. Des boucles blondes apparaissaient sous le bord de sa coiffe. Elle rit d'une phrase de sa mère, et le son mélodieux de sa voix apaisa un peu le mal qui l'habitait.

Seulement pour un moment. Alors qu'elle se déplaçait dans la rue de l'autre côté, il vit plus clairement son visage, l'arc délicat de ses sourcils, la courbe douce de son nez, la beauté sculpturale de ses pommettes et de sa mâchoire. Mais son regard se posa sur sa bouche, avec ses lèvres roses et pulpeuses capables de l'embrasser et de le séduire comme personne d'autre.

Même si elle ne l'avait pas vraiment séduit, pas complètement. Il avait prévu de coucher avec elle une fois qu'ils se seraient mariés. Ce rêve était mort. Ou, plus exactement, il lui avait été volé.

Pourtant, il la dévora du regard, la scrutant avec avidité pour mémoriser chaque nouveau détail : les rides autour de ses yeux lorsqu'elle souriait, son air confiant et peut-être même sage, sa manière intelligente d'observer son environnement.

Bon sang. Elle regardait dans sa direction.

Calder fit tourner son cheval et descendit au petit galop la ruelle en direction de Shield Street, la rue principale qui traversait le village. Son cœur battait vite, et s'il avait été honnête avec lui-même, il aurait compris que ce n'était pas dû à la chevauchée. Mais il refusait que ce soit à cause de Felicity. Il l'avait vue, et c'était suffisant.

Mais la savoir toute proche risquait de fracturer son esprit.

— Bonjour, my lord.

Calder avait ralenti l'allure en tournant dans Shield Street. Clignant des yeux, il s'extirpa du puits sombre de ses pensées et se concentra sur l'homme qui s'adressait à lui. Alfie Tucket, l'ébéniste, se tenait devant sa boutique. Il s'inclina, courbant sa haute silhouette avant de se redresser à nouveau.

— Bonjour, dit Calder.

Il avait beau être une canaille, il n'en était pas moins poli. Parfois.

— En route pour Shield's End ? demanda Tucket, clignant des yeux en regardant Calder sur son cheval.

Calder remarqua qu'il chevauchait dans cette direction : la vieille bâtisse se tenait au bout de Shield Street, d'où son nom. Enfin, elle s'était tenue. La structure avait brûlé plus d'une semaine auparavant.

— Non, répondit-il, tout en envisageant d'aller avoir.

Au-delà de la curiosité, il devait se préoccuper de sa destruction, puisque la propriété appartenait à son beau-frère. L'homme qu'il avait interdit à sa sœur d'épouser.

Et avec qui elle s'était mariée la semaine précédente.

Tucket bascula son poids d'une jambe à l'autre, l'air légèrement mal à l'aise. Son père était le gardien de Shield's End. Il était possible, voire probable, que Tucket sache que Calder n'était pas venu voir la maison endommagée et qu'il n'avait pas assisté au mariage de sa sœur.

Et voilà, cela recommençait. Ce bref élancement aigu dans sa poitrine. Même s'il ne réagissait pas, Calder percevait toujours cette sensation.

Il partit dans la direction opposée à Shield's End, vers Hartwood, qui se trouvait au sommet d'une colline surplombant le village. Les ducs de Hartwell vivaient là depuis des siècles. Le feraient-ils encore ?

Seulement si Calder se mariait, et même s'il avait maintenant trente ans, il n'avait pas envie de prendre une femme. Pas alors que Felicity vivait encore dans les recoins de son esprit.

Il est temps de l'en expulser ! lui intima ce dernier.

Il avait cru l'avoir fait, mais maintenant qu'elle était là... Il secoua la tête. Peut-être pouvait-il trouver un moyen de la faire repartir. Ou, avec un peu de chance, son séjour ne serait que temporaire.

Arrivé à l'écurie de Hartwood, Calder confia à un palefrenier la tâche de panser son cheval, tâche dont il s'acquittait lui-même en temps normal. Un sentiment de malaise l'envahissait. Il avait besoin de marcher. Courbant la langue, il siffla. Un instant plus tard, son lévrier brun-rouge foncé bondissait à ses côtés.

Calder caressa la tête de la chienne et la gratta derrière les oreilles. Alors qu'il quittait la cour de l'écurie, Isis se mit à marcher à son rythme. Ils passèrent devant les jardins et arrivèrent à l'endroit où la colline commençait à s'incliner. La crypte familiale, où il ne s'était jamais rendu, se trouvait au pied.

C'était là que reposaient la tragédie et la douleur : un parent qui lui manquait cruellement et un autre qu'il détestait avec la même intensité.

La question qui lui était venue à l'esprit tout à l'heure ressurgit : y aurait-il d'autres ducs de Hartwell ? Il devait s'assurer qu'il n'y en aurait pas, du moins pas dans sa lignée. Il y avait sûrement un cousin quelque part qui hériterait. Ce serait une bonne chose que le titre soit transmis à un parent éloigné. Voire à personne.

Le froid dans le cœur de Calder durcit comme de la pierre lorsqu'il pensa à l'homme qui l'avait élevé. L'homme

dont tout le monde se souvenait avec tendresse, en particulier ses sœurs. Elles n'avaient pas été soumises à ses attentes
élevées, ses exigences impitoyables de perfection. Il n'avait
pas payé les hommes dont elles étaient tombées amoureuses
pour qu'ils partent, avant de se vanter d'avoir eu raison à leur
sujet depuis le début.

Cet élancement lui pinça à nouveau la poitrine. Il aurait
peut-être dû soutenir le mariage de sa sœur. Il connaissait à
peine son mari, le comte de Buckleigh, mais d'après ce qu'il
avait vu, cet homme était un combattant imprévisible, un
pugiliste réputé pour sa brutalité efficace sur le ring. Et
pourtant, il n'arrivait pas à imaginer sa douce et farouche
jeune sœur, Bianca, épouser quelqu'un comme lui.

Calder passa ses doigts gantés sur la tête d'Isis.

— Cela n'a aucune importance, n'est-ce pas, ma fille ?
demanda-t-il doucement. Il voulait que je sois une bête, et
c'est ce que je suis.

Isis donna un petit coup de museau dans sa main en guise
de réponse, puis s'assit à côté de lui. C'était peut-être elle la
véritable bête, mais elle était bien plus gentille et aimante
que lui.

— Je ne te mérite pas vraiment, murmura-t-il.

Il plongea son regard dans ses grands yeux bruns qui le
fixaient avec tant d'adoration. Il s'accroupit pour lui caresser
le cou et les flancs des deux mains. Puis il se retourna vers la
crypte et s'adressa à l'homme qu'il méprisait.

— Je suis seul, et je le resterai probablement. J'espère que
cela te tracassera pour l'éternité.

Calder se releva et repartit à grandes enjambées vers la
maison, Isis trottinant à ses côtés.

Oui, son père l'avait élevé pour qu'il soit implacable et
inflexible. Et comme il s'efforçait d'exceller en tout, cela
signifiait qu'il était aussi froid et impitoyable qu'on pouvait
l'être.

*T*u es ravissante, ma chérie.

Felicity enfila sa cape juste avant d'ouvrir la porte à sa mère.

— Merci, tout comme toi, maman.

Elle prit le petit sac qui renfermait ses chaussures de danse : sa mère ne danserait pas, car elle était encore convalescente. Elle la suivit dans le soir froid et sombre.

— J'ai hâte d'assister à l'assemblée, dit sa mère en passant son bras sous celui de Felicity. Cela fait combien d'années ?

— Dix.

Felicity se souvenait de la dernière assemblée à laquelle elle avait assisté à Hartwell. Elle avait alors dix-huit ans, et elle était très impatiente de voir son amour lorsqu'il rentrerait d'Oxford pour les fêtes. Ils avaient passé l'été précédent ensemble, profitant de chaque instant en compagnie de l'autre, rêvant de l'avenir dans la chaleur du soleil et de la passion de leurs baisers volés.

Seulement, il n'était pas venu. Le père du jeune homme lui avait expliqué qu'il ne reviendrait pas pour les fêtes, et il lui avait remis une lettre. Brefs et froids, les mots écrits par son amour lui avaient clairement indiqué qu'ils n'avaient pas d'avenir ensemble.

Lorsque son propre père avait suggéré qu'ils déménagent à York où son frère aîné exercerait le droit, elle avait sauté sur l'occasion pour laisser Hartwell, ainsi que son cœur brisé, derrière elle. Elle n'était pas revenue depuis.

— Tu es venue l'année dernière, n'est-ce pas ?

Felicity jeta un coup d'œil à sa mère, dont les cheveux blond-blanc étaient coiffés à la mode, bien que partiellement cachés par le capuchon de son manteau qu'elle avait relevé lorsqu'elles avaient quitté la maison. Il était important qu'elle reste au chaud après avoir été malade. Son mal avait été la seule chose susceptible de faire revenir Felicity, et elle était donc là. Elle devait bien admettre que le village et ses habitants lui avaient manqué, surtout à cette époque de l'année. Noël à York était loin d'égaler le charme et les traditions de Hartwell.

— C'est vrai, mais ce n'était pas la même chose sans ton père, répondit-elle, esquissant un sourire en regardant sa fille. Et sans toi.

Sa mère tapota la main de Felicity.

Son père était mort à l'automne précédent. Elle avait du mal à croire que cela faisait déjà plus d'un an. Accablée de chagrin, sa mère avait voulu fuir la maison qu'elle occupait avec son mari depuis dix ans, où il était tombé malade et était décédé. Revenir à Hartwell, où elle avait encore des amis et une cousine, lui avait paru logique, malgré les tentatives de Felicity pour l'en dissuader.

Mais c'était de l'égoïsme de la part de la jeune femme. Hartwell, en dépit de tous les bons souvenirs qui y étaient rattachés, serait toujours l'endroit où elle avait perdu son innocence, où elle avait fait la folie d'offrir entièrement son cœur.

— Je suis ravie que tu sois avec moi cette année, dit sa mère en souriant. Et j'espère que tu resteras.

C'était un débat permanent entre elles. Felicity avait une maison et des amis à York. Pourtant, elle avait du mal à refuser la demande de sa mère. Elle avait commencé à espérer qu'elle pourrait la convaincre de revenir à York et de vivre avec elle.

— Ou bien tu reviens à York avec moi. Je sais que tes amis te manquent.

Felicity lui adressa un sourire, et sa mère éclata de rire.

— N'essaie pas de m'influencer avec le charme de ton père. Je suis immunisée.

Ce n'était pas vrai, mais Felicity se contenta de rire doucement.

Sa mère lui jeta un regard interrogateur.

— As-tu hâte de voir quelqu'un en particulier ? Depuis ton retour, tu es restée plutôt en retrait.

En réalité, cela ne faisait que quelques semaines.

— J'étais occupée à t'aider.

— Oui, et je suis ravie que tu sois ici avec moi. Je sais que c'est grâce à toi que je me suis rétablie.

— Pas tout à fait, répondit Felicity, même si elle savait que sa présence avait aidé. Le Dr Fisk y est pour beaucoup.

— Tu as raison, bien sûr. En fait, je me demande s'il n'aurait pas pu aider ton père, dit-elle d'une voix devenue triste. Nous aurions dû revenir à Hartwell lorsqu'il est tombé malade.

Felicity serra doucement le bras de sa mère.

— Tu ne dois pas penser ainsi. Tu as discuté avec le Dr Fisk de la maladie de papa, et il t'a dit qu'il n'aurait sans doute rien pu faire, que tu avais fait de ton mieux pour t'occuper de lui.

— C'est difficile de ne pas éprouver de regrets, répondit sa mère d'un ton doux. Mais tu ne sembles pas en éprouver.

Presque pas. Mais Felicity avait plus de regrets qu'elle ne voulait l'admettre, et tous en rapport avec Calder Stafford. Elle avait failli penser à lui sous le nom de Chill, *frisson*, ce surnom dont il avait hérité dans sa jeunesse lorsqu'il était le comte de Chilton. Aujourd'hui, il était le duc de Hartwood. Elle n'avait jamais aimé l'appeler Chill : ce sobriquet froid n'avait pas de sens pour elle, alors qu'elle le trouvait si chaleureux et attentionné.

Oh, comme elle avait eu tort !

Elles atteignirent la salle de l'assemblée, où des calèches déposaient les participants élégamment vêtus. De la lumière et des conversations émanaient du bâtiment, lui conférant un air de fête. Un frémissement d'anxiété parcourut les épaules de Felicity. Elle n'était pas certaine d'être prête à affronter Calder.

Elle se réprimanda intérieurement. Elle refusait de se laisser intimider par lui ou par la perspective de le revoir. Elle avait dix ans de plus, elle était veuve, et cela faisait deux ans qu'elle vivait seule. La jeune fille qu'il avait si brutalement blessée avait disparu depuis longtemps.

La tête haute, elle accompagna sa mère dans le hall. Dans le vestibule, un valet de pied prit les manteaux, et Felicity troqua ses bottes contre ses chaussures de danse.

Elles entrèrent dans la salle de bal, déjà pleine de monde. Dans un coin, des jeunes femmes gloussaient, tandis qu'un groupe de jeunes hommes s'efforçait de paraître serein en passant en revue la pièce, leurs regards revenant sans cesse sur elles.

Felicity sourit intérieurement. Elle se souvenait du sentiment d'être jeune et enthousiaste, et de se sentir impatiente d'affronter l'avenir, l'inconnu.

Elles se rendirent dans un espace situé de l'autre côté de la salle de bal, où des sièges avaient été installés et offraient une excellente vue sur la piste de danse.

Felicity repéra un siège et inclina la tête.

— Viens, maman. Tu dois t'asseoir. Sinon, je devrais reconsidérer ma décision de te laisser venir. Tu es encore en convalescence.

— Bah ! Je vais bien, ma chérie. Mais tu as raison, une chaise ne serait pas de refus.

Tournant légèrement la tête, Felicity repéra deux visages familiers : les sœurs de Calder. Son cœur manqua un battement, et elle balaya la salle du regard pour le chercher. Ne le voyant pas, elle laissa échapper un soupir de soulagement lorsque ses sœurs, accompagnées d'un gentleman, s'avancèrent vers elle. Felicity fit la révérence.

— Bonsoir, Lady Darlington et Lady… Buckleigh, c'est bien cela ?

— Oui, répondit Bianca, la plus jeune sœur de Calder, qui venait d'épouser le comte de Buckleigh. Permettez-moi de vous présenter mon mari, le comte de Buckleigh. Ash, voici Mme Felicity Garland.

Les yeux bleus de la jeune femme brillaient d'un éclat chaleureux.

Ash inclina la tête.

— Évidemment, je me souviens de vous, madame Garland.

La surprise saisit Felicity alors qu'elle se relevait de sa révérence.

— Ash, comme le petit Ashton Rutledge ? Je ne vous aurais pas reconnu !

— Comme aucun d'entre nous ne l'a fait ! s'exclama Bianca en riant, une boucle sombre effleurant sa tempe.

— Quel plaisir de vous voir tous ! leur dit Felicity, parcourant brièvement du regard la salle de bal une fois de plus. Où est votre frère ? Je ne l'ai pas encore croisé depuis mon retour à Hartwell.

Elle ne posait pas la question parce qu'elle voulait le voir, mais parce que s'il était là, elle préférait être au courant. Pour pouvoir être sur ses gardes.

Poppy, l'aînée des deux et marquise de Darlington, échangea un regard méfiant avec Bianca.

— Je doute qu'il vienne ce soir, répondit-elle. Il n'est pas très sociable ces derniers temps. Le duché l'occupe beaucoup.

Felicity fut choquée de ressentir une pointe de déception.

— Comme c'est dommage ! J'avais hâte de le voir. Je suppose que je vais devoir lui rendre visite.

Les mots étaient sortis uniquement parce que Felicity s'efforçait toujours de se montrer polie. Elle n'avait pas l'intention de lui rendre visite.

Apparemment, ses sœurs ne pensaient pas non plus que c'était une bonne idée. Bianca tourna brusquement les yeux vers Poppy, et elle ouvrit la bouche.

Mais Poppy l'interrompit en s'adressant à Felicity :

— Envoyez-lui peut-être une note pour lui demander quand il reçoit des visiteurs.

Ses lèvres formèrent un sourire placide, vraisemblablement destiné à atténuer la contrariété que Felicity aurait pu percevoir. De toute évidence leur malaise n'était pas le fruit de son imagination.

Le comte de Buckleigh inspira brusquement, attirant l'attention de Felicity. Il avait les yeux rivés vers l'entrée.

— Il est là.

Il parlait d'un ton neutre et, pourtant, ces deux simples mots transpercèrent Felicity avec l'efficacité rapide et terrifiante d'une longue épée des temps anciens.

Elle sentit sa mère lui tapoter le bras, mais son regard était fixé sur Calder. Grand, avec des épaules larges sur lesquelles elle s'était déjà pâmée, il occupait l'embrasure de la porte. Ses yeux cristallins balayèrent l'assemblée, l'air impassible.

Le silence s'était-il abattu sur la salle de bal ? Pas tout à fait, car un léger bourdonnement se faisait entendre dans les oreilles de Felicity alors qu'elle voyait son ancien amour pour la première fois depuis plus d'une décennie.

Puis, lorsqu'il posa délibérément son regard sur elle, elle sentit toute la force de son attention. Une vague de chaleur envahit sa peau. Son pouls s'emballa.

Il se dirigea vers eux, et elle se sentit totalement partagée. Une partie d'elle avait envie de fuir. L'autre voulait se précipiter à sa rencontre. La plus grande partie d'elle-même voulait se dresser résolument contre lui et lui crier dessus pour son comportement répréhensible dix ans plus tôt.

Elle opta pour la dernière solution. Enfin, une partie. Ou

peut-être était-ce en réalité parce qu'elle n'arrivait pas à bouger sous le poids de son regard. Zut ! Elle espérait que ce n'était pas cela, et pourtant, c'était ce qu'elle craignait.

Il s'arrêta à côté de Poppy.

— Bonsoir.

Sa voix, si grave et si soyeuse, comme du velours riche et doux, glissa sur elle, entraînant une réponse presque physique. Elle avait l'impression qu'elle allait se balancer vers lui, son corps réagissant à sa familiarité. Mais non, il n'était pas familier. Cet homme était un étranger.

Elle nota les changements dans son apparence. Ses épaules semblaient encore plus larges, si c'était possible. Son visage était plus austère, comme en témoignaient les lignes autour de sa bouche et la sévérité de sa mâchoire. Il avait l'air d'un homme qui souriait rarement. Sous les lustres scintillants, le noir de ses vêtements de soirée reflétait son importance et sa richesse. Il avait l'allure d'un duc et ne ressemblait en rien au jeune homme qui l'avait poursuivie dans une prairie, ses cheveux noirs lui retombant sur le front, et qui riait lorsqu'il l'attrapait.

Poppy se tourna vers lui.

— Bonsoir.

Felicity fit une autre révérence, plus profonde, puis aida sa mère à faire de même.

— My lord, je disais justement à vos sœurs combien j'étais impatiente de vous voir.

Une fois encore, la politesse semblait avoir pris le contrôle de sa langue.

— Vraiment ? C'est surprenant après tout ce temps.

Calder semblait tout aussi froid qu'elle l'avait imaginé au vu de la façon dont il l'avait rejetée, et il ne ressemblait en rien au jeune homme qu'elle avait connu.

— Oui, cela fait de nombreuses années. J'espère que nous trouverons le temps de nous rendre visite, lui dit Felicity, le ton légèrement insolent. Si vous voulez bien m'excuser, il faut que j'accompagne ma mère jusqu'à une chaise.

Calder regarda sa mère, et, pendant un bref instant, Felicity crut qu'il avait l'intention de lui dire quelque chose, quelque chose d'odieux. Avant qu'elle ne puisse imaginer comment réagir s'il le faisait, Buckleigh s'approcha d'elles et présenta son bras à la mère de Felicity.

— Permettez-moi de vous aider

— Merci, Lord Buckleigh, dit sa mère en prenant son bras.

— J'arrive tout de suite, maman.

Felicity les regarda s'éloigner, puis se retourna vers Calder.

— Pourquoi es-tu ici ? demanda-t-il brusquement, à voix basse, mais elle craignait qu'au moins Poppy et Bianca ne l'aient entendu.

Comment osait-il la questionner ainsi en public ? Felicity se raidit.

— Tout le monde vient à l'assemblée.

— Pas ici à l'assemblée, ici à Hartwell.

Le bord externe de sa lèvre se retroussa légèrement.

— Ma mère est revenue l'année dernière, et il y a quelques semaines, elle est tombée malade. Je suis venue m'occuper d'elle.

Pourquoi se sentait-elle à ce point sur la défensive ? Elle n'avait pas à se justifier auprès de lui. Au contraire, si quelqu'un méritait une explication, c'était bien elle.

— Ta visite est donc temporaire, demanda-t-il, une note d'espoir dans la voix.

Apparemment, il voulait qu'elle dise oui.

Alors elle répondit :

— Je n'ai pas encore décidé.

Elle tourna un sourire vers ses sœurs, s'assurant qu'elles comprennent qu'il ne s'adressait qu'à elles.

— Je suis particulièrement heureuse d'être ici pour les fêtes. Personne ne célèbre mieux cette période que les habitants de Hartwell, affirma-t-elle.

Puis, arborant un air inquiet, elle reporta son regard sur Calder.

— J'ai hâte d'être à la Saint-Étienne, mais j'étais triste d'apprendre que Hartwood n'accueillerait pas l'événement. Je craignais que tu ne sois souffrant.

Elle ne voyait pas d'autre raison pour qu'il n'organise pas la fête. Les ducs de Hartwell s'en chargeaient depuis des générations.

— Ce n'est pas le cas, comme tu peux le voir.

Puisqu'il avait décidé de parler franchement, elle le ferait aussi.

— Tu n'as pas l'air malade, et pourtant, tu n'es pas tout à fait l'homme dont je me souviens, dit Felicity avant de secouer la tête.

Elle se disait qu'elle avait espéré que son rejet, dix ans plus tôt, ait eu une bonne raison d'être. Une partie d'elle espérait qu'il était devenu heureux. Elle l'avait été, du mieux qu'elle avait pu. Elle avait aimé son mari, mais cela n'avait jamais été la même chose que ce qu'elle avait ressenti pour Calder. En fait, elle se demandait souvent si elle n'avait pas rêvé ce temps passé ensemble, si ses souvenirs n'étaient pas qu'une illusion.

— Mais cela fait plus de dix ans.

— Oui, les gens changent avec le temps. Et certaines personnes changent du jour au lendemain, répliqua Calder, les yeux brûlant d'une intensité cavalière. Je ne suis pas sûr que la femme dont je me souviens ait jamais existé.

Felicity le regarda fixement, et elle eut l'impression que ses entrailles se transformaient en pierre. Qu'était-il en train de raconter ? C'était ce qu'elle aurait dit de lui.

Poppy saisit le bras de son frère.

— Calder, nous devrions peut-être…

Il se tourna vers elle.

— Ne me touche pas. Je dirai ce qui me plaît.

— Certainement pas à ma femme !

Le mari de Poppy, le marquis de Darlington, ou du moins Felicity le croyait, puisqu'il l'avait appelée *sa femme*, s'interposa entre le frère et la sœur.

La jeune femme parut surprise de voir le marquis, mais elle se reprit rapidement. Elle jeta un coup d'œil autour d'elle et murmura :

— Calder, tu fais une scène.

Le regard de Calder s'assombrit et le marquis fit un minuscule pas vers lui.

— Attention, Chill, ne laisse pas cette scène dégénérer en quelque chose d'autre.

Que se passerait-il ? Plus important encore, qu'était-il advenu de Calder ? Pour la première fois, Felicity ressentit une chose qu'elle n'aurait jamais imaginé éprouver à son égard : de l'inquiétude, et peut-être un éclair de pitié.

Calder leur jeta à tous un regard noir avant de fixer Felicity de manière particulièrement odieuse.

— Je suis venu voir ce dont j'avais besoin. Et maintenant, je suis libre.

Il tourna les talons brusquement et quitta l'assemblée à grands pas. Felicity referma la bouche avant de le suivre du regard, l'esprit et le corps en ébullition. Que venait-il de se passer ?

Darlington se tourna vers Poppy.

— Je ne voulais pas le faire fuir.

— C'est mieux ainsi, murmura-t-elle.

Il lui offrit son bras.

— Veux-tu faire un tour ?

Felicity remarqua à peine qu'ils étaient partis, car elle cherchait à comprendre pourquoi Calder s'était comporté de la sorte. Il avait dit que la femme qu'il connaissait n'avait jamais existé. Elle tâcha de se rappeler la lettre qu'il lui avait écrite, des mots qu'elle avait autrefois mémorisés, mais qu'elle avait depuis effacés de son esprit.

Il avait dit qu'il ne lui ferait pas la cour et qu'il ne la demanderait pas en mariage, comme ils en avaient discuté. Il avait affirmé que son devoir l'obligeait à trouver une femme plus convenable. En tant que fille de fermier, elle avait craint qu'ils n'aient pas d'avenir, mais il n'avait cessé de lui assurer qu'il avait l'intention de faire d'elle sa femme.

Jusqu'à ce qu'il envoie la lettre et ne revienne pas à la maison pour Noël.

C'était à ce moment-là qu'elle avait compris que tout cela n'avait été qu'un mensonge.

CHAPITRE 2

— $\mathcal{J}$e suis désolée pour ça, dit Bianca à voix basse.

Felicity cherchait à comprendre le comportement de Calder, tout comme elle essayait de concilier la période de bonheur qu'ils avaient passée ensemble et son rejet total. Cela avait été bien plus qu'un mensonge. Une trahison. Et pour quoi ? Une poignée de baisers volés ?

Buckleigh revint après avoir escorté la mère de Felicity jusqu'aux sièges.

— Votre mère est avec quelques amies, dit-il avant de se tourner vers sa femme. Tout va bien ?

— Je ne sais pas, répondit-elle, regardant Felicity. Est-ce que vous allez bien ?

Felicity se secoua mentalement. Les gens recommençaient à discuter, mais elle était toujours consciente des regards inquisiteurs qui dérivaient dans sa direction. Elle cligna des yeux et regarda Bianca.

— Oui, je vous remercie de vous inquiéter. Votre frère m'a un peu perturbée, mais je vais bien.

Elle sourit pour masquer son malaise persistant.

Bianca plissa les yeux.

— C'est un mufle. Il n'est même pas venu à mon mariage la semaine dernière.

Felicity fut choquée de l'entendre. Dans leur jeunesse, il avait toujours parlé de ses sœurs en termes élogieux.

— Vous plaisantez !

— J'aimerais bien.

Bianca échangea un regard déçu et frustré avec son mari, même si le comte avait aussi l'air... en colère. Felicity pouvait le comprendre. Elle aussi était en colère. Mais elle était également déconcertée. Il lui aurait été aisé de simplement s'en aller et de retourner à York. Alors pourquoi voulait-elle savoir pour quelle raison Calder la méprisait à ce point ?

Parce qu'alors elle pourrait cesser de se demander ce qui s'était passé, ce qu'elle avait fait pour qu'il s'éloigne d'elle. Son commentaire selon lequel elle lui rendrait visite n'était peut-être pas une simple courtoisie. Au-delà de son comportement envers elle, aujourd'hui et dans le passé, elle était curieuse de savoir pourquoi il ne poursuivait pas la tradition de Hartwood pour les fêtes de fin d'année.

— Pourquoi ne veut-il pas organiser la fête de la Saint-Étienne ?

Bianca ricana.

— Il ne fournit pas vraiment de raison, si ce n'est qu'il laisse entendre qu'il n'en a pas les moyens.

Felicity perçut le scepticisme dans la voix de Bianca.

— Vous ne pensez pas que ce soit vrai ?

Bianca secoua la tête.

— Non, d'autant plus qu'il a gardé l'argent que mon père a laissé pour ma dot.

Felicity haleta, puis baissa brusquement la voix, de peur d'attirer davantage l'attention sur eux.

— Pourquoi ferait-il une telle chose ?

— Parce qu'il ne m'aime pas, dit Buckleigh. Il a refusé de nous accorder la permission de nous marier.

— Non pas que j'en avais besoin.

Bianca jeta un regard vers la porte, comme si Calder était encore là. Buckleigh lui adressa un sourire compatissant.

— Tu en avais besoin pour avoir ta dot.

— Il aurait été intéressant de l'avoir pour pouvoir aider Hartwell House, sans parler de la reconstruction de Shield's End.

Bianca faisait référence à l'institution pour femmes démunies et à la maison de Buckleigh. Ou plutôt, sa maison avant qu'il ne devienne le comte de Buckleigh. Son siège, Buck Manor, se trouvait à plusieurs kilomètres de Hartwell.

Felicity reporta son attention sur le comte.

— Oh, mon Dieu ! Je voulais vous dire à quel point j'étais navrée pour l'incendie. Je crains que Cal… le duc de Hartwood ne m'ait distraite.

Elle pria pour qu'ils ne remarquent pas qu'elle avait failli l'appeler par son prénom. Cependant, au vu de l'éclair d'intérêt surpris dans les yeux bleus de Bianca, Felicity était presque certaine qu'elle au moins l'avait entendue.

— Merci, répondit Buckleigh. Le point positif dans tout cela, c'est que nous allons reconstruire Shield's End en tant que nouvelle institution pour les femmes démunies.

— Vraiment ? demanda Felicity. C'est merveilleux ! Qu'adviendra-t-il de Hartwell House ?

Cela faisait plusieurs années que les Armstrong avaient créé cette institution pour les femmes, en particulier celles qui avaient des enfants. M. Armstrong était décédé, mais sa femme poursuivait leur œuvre, et tous les habitants de Hartwell soutenaient cette initiative, qui constituait une alternative bienveillante à un hospice, qui séparerait les femmes de leurs enfants.

Bianca fronça les sourcils.

— Malheureusement, l'endroit est en très mauvais état. C'est la raison... enfin, l'une des raisons pour lesquelles je suis aussi frustrée par Calder. Il refuse de poursuivre le soutien que notre père apportait à Hartwell House, à leur détriment.

Calder était bien pire que ce que Felicity aurait pu imaginer. Non seulement il s'était montré soudain froid avec elle dix ans plus tôt, mais, apparemment, il n'éprouvait ni sympathie ni intérêt pour les autres. S'était-elle totalement trompée sur le jeune homme dont elle était tombée amoureuse, ou avait-il changé à ce point ?

— Il ne soutiendra donc pas Hartwell House et n'organisera pas non plus la fête de la Saint-Étienne.

Il n'avait pas apporté son soutien à sa sœur, et ne l'avait pas autorisée à prendre le contrôle de l'héritage que son père lui avait laissé. Felicity était partagée entre la colère et le désespoir. Que s'était-il passé pour qu'il devienne aussi horrible ?

— C'est à peu près cela, confirma Bianca avec un soupir exaspéré. Je n'aborderai même pas le fait qu'il est d'une horrible compagnie. Je pense que vous vous en êtes sans doute rendu compte toute seule.

Bianca grimaça en regardant Felicity, puis elle s'excusa.

— Je ne devrais pas parler si librement, mais je sais que Calder et vous étiez autrefois... Peu importe. Ce ne sont pas mes affaires.

Felicity ne pouvait nier qu'elle avait eu de l'affection pour lui. Même après son rejet, elle avait espéré qu'il trouverait le bonheur comme elle l'avait fait avec James Garland. Apparemment, cela n'avait pas été le cas. En plus de rester célibataire, il semblait s'être éloigné de tout ce qui pouvait lui apporter de la joie, y compris les personnes qui lui étaient proches.

Bianca se tourna vers son mari.

— Ash, tu voudrais bien nous accorder un moment, seules, Mme Garland et moi ?

Buckleigh sourit chaleureusement ; l'amour qu'il éprouvait pour elle se lisait dans son regard.

— D'accord. Je vais aller voir Mme Templeton.

— Merci, my lord, dit Felicity.

— S'il vous plaît, appelez-moi Ash. Et nous pourrions nous tutoyer. Je crains de ne pas être encore habitué à être un lord, et je ne suis pas sûr de l'être un jour, surtout au milieu de mes amis.

Felicity hocha la tête.

— Dans ce cas… toi, et toi, ajouta-t-elle à l'attention de Bianca, vous devez m'appeler Felicity et me tutoyer aussi. Nous nous connaissons tous depuis bien trop longtemps pour nous en tenir aux convenances.

Bianca rit doucement.

— Je savais qu'il y avait une raison pour laquelle je t'aimais tant. Mon frère est un idiot.

Felicity ne pouvait qu'être d'accord avec elle sur ce point. Elle regarda Ash rejoindre sa mère et quelques autres ladies. Bianca passa son bras sous celui de Felicity lorsque la musique débuta.

— Oh là là ! Je t'empêche de danser, dit Felicity.

Bianca l'accompagna jusqu'à un endroit plus calme, près du mur.

— Nous aurons tout le temps pour ça. Je voulais te demander si tu avais une idée de la raison pour laquelle Calder est comme il est.

— Pourquoi le saurais-je ? Je ne l'ai pas vu et je n'ai pas communiqué avec lui depuis plus de dix ans.

— C'est vrai, dit Bianca avec un soupir. Poppy et moi avions une théorie selon laquelle son changement de comportement était peut-être lié à toi et à ce qui s'est passé il y a dix ans. Je suppose que nous cherchions une explication facile qui nous aiderait à comprendre, et peut-être même à le ramener.

Suggérait-elle que Felicity pourrait le guérir ? Ou, du moins, qu'elle avait la clé pour le faire ?

— Je suis désolée de ne pas pouvoir t'aider. Il me laisse aussi perplexe que toi. Il n'est pas comme dans mes souvenirs.

Du moins, pas avant qu'il ne lui ait écrit cette horrible lettre.

— Je suis terriblement en colère, mais je suis encore plus triste, dit Bianca, retirant son bras de celui de Felicity. Je veux le frère dont je me souviens. Je crains qu'il ne soit parti pour toujours.

Elle prononça cette dernière phrase avec un désespoir si profond que le cœur de Felicity se serra.

Elle ne pensait pas pouvoir aider, mais cela ne ferait pas de mal d'essayer, si ? Manifestement, il lui en voulait, pour une raison qu'elle ignorait. À tout le moins, elle devait faire la lumière sur cette affaire.

— Je vais lui rendre visite.

Les yeux de Bianca s'écarquillèrent brièvement, et elle cligna des yeux.

— Vraiment ?

— Lundi. Je pourrai peut-être le convaincre de changer d'avis à propos de la Saint-Étienne. Il n'est tout simplement pas normal que le duc de Hartwell ne l'accueille pas.

— Bonne chance, répondit Bianca d'une voix chargée de doutes. Le vicomte Thornaby a accepté d'organiser l'événement. Nous allions le faire à Shield's End, mais lui et ses acolytes y ont mis le feu.

— Quoi ?

Le mot jaillit de la bouche de Felicity comme une explosion. Elle modéra son ton.

— Ils y ont mis le feu ?

— Pas exprès, mais ils se sont comportés comme des imbéciles. Ils voulaient faire une farce à Ash, et ils ont mis le feu à la maison par erreur. À leur décharge, ils paient pour la reconstruction, et Thornaby se met en quatre pour aider autant qu'il le peut, y compris en organisant la fête de la Saint-Étienne.

— Mais Thornhill est à quoi, huit kilomètres d'ici ? C'est un très long chemin à parcourir pour les villageois.

— Oui, mais Thornaby et d'autres, y compris Poppy, Gabriel, et nous, assureront le transport. Ce n'est pas idéal, mais c'est le mieux que nous puissions faire face au refus de Calder d'organiser la fête.

— Qu'en est-il des gens de Hartwood ?

Felicity détestait l'idée que les locataires et les serviteurs du domaine ne puissent pas célébrer un jour qui leur avait toujours été dédié, à eux et à leurs familles.

— Nous transporterons les locataires, mais je ne sais pas ce qu'il en est des domestiques, dit Bianca, fronçant les sourcils. Je devrai en parler à Truro.

Felicity se souvint que c'était le majordome du domaine.

— J'en parlerai à ton frère quand je lui rendrai visite.

— Es-tu certaine de vouloir te soumettre à sa grossièreté ? s'enquit Bianca.

— Je n'ai pas peur de lui.

Felicity redressa les épaules. Soudain, elle avait envie de se battre. Il lui avait brisé le cœur, et elle allait enfin lui en parler en face.

— Cela fait longtemps que cela devait arriver.

— Tu es une femme courageuse, dit Bianca en riant. Je n'ai pas peur de lui non plus. Il est détestable et glacial, mais il n'est pas agressif. Et il n'est certainement pas violent.

C'était bon à savoir. Si Felicity avait du mal à faire le lien entre ce Calder et celui qu'elle avait connu, elle ne pouvait malgré tout pas l'imaginer en train de lever la main sur quiconque.

— J'espère que tu nous diras, à Poppy et moi, comment s'est passée ta visite.

Felicity hocha la tête.

— Je n'y manquerai pas. Maintenant, si tu veux bien m'excuser, je dois aller voir ma mère.

— D'accord. Je viens avec toi.

Bianca sourit et passa son bras sous celui de Felicity tandis qu'elles repartaient vers le coin salon.

À l'idée de se rendre à Hartwood le lundi, Felicity était animée d'une détermination et d'une impatience perverse. Elle avait une foule de choses à dire et de questions à poser. Peut-être devrait-elle établir une liste.

L'heure des comptes avait enfin sonné.

~

*L*a bouteille de gin posée sur le buffet du bureau de Calder l'attirait. Peut-être que ce soir, il en avalerait le contenu afin de trouver le sommeil, qui lui avait échappé les deux dernières nuits, depuis l'assemblée.

Depuis qu'il avait vu Felicity de près.

Il ferma les yeux, appuya sa tête contre la chaise et dévora goulûment l'image dans son esprit. Elle était encore plus belle que dans ses souvenirs. Les traits de son visage à la beauté classique étaient un peu plus anguleux, comme s'ils avaient été affinés par les expériences qu'elle avait vécues au cours des années qui s'étaient écoulées depuis qu'il l'avait vue. Ses yeux étaient toujours d'un vert sombre et étincelant, d'une intensité proche de celle d'un bijou. Ses cheveux blonds étaient soyeux, relevés sur sa tête, ornés d'un peigne en perles. Sa robe d'un bleu égyptien accentuait la courbe de sa poitrine et le creux de sa taille. Il avait été heureux de voir qu'elle ne portait pas les couleurs du veuvage, comme tant de femmes le faisaient pendant des années après la mort de leur mari. Cela signifiait-il qu'elle n'était pas triste ?

Il ouvrit les yeux, s'en voulant d'avoir essayé de comprendre ses sentiments. Non, de s'en être soucié. C'était une opportuniste avide et égoïste. Elle ne méritait rien d'autre que son éternel mépris.

Un coup frappé à la porte tira Calder de ses pénibles pensées.

— Entrez, dit-il en reportant son attention sur les papiers posés sur son bureau.

La porte s'ouvrit à moitié, et Truro, son majordome, entra.

— Vous avez une visite, my lord.

— Qui ?

C'était sans doute l'une de ses sœurs, ou les deux. C'étaient les seules personnes qui osaient encore venir le voir. Un jour, elles finiraient par cesser de le faire. Il ignora le malaise que déclenchait cette pensée.

— Mᵐᵉ Garland. Elle vous attend dans le salon.

— Je suis occupé.

Mais le sang de Calder se déchaîna dans ses veines, provoquant une cacophonie dans ses oreilles. Son cœur battait si fort qu'il craignait que Truro ne l'entende.

— J'ai essayé de le lui dire, mais elle s'est montrée plutôt insistante.

Truro l'avait dit sans détour et sans inquiétude. C'était le seul domestique qui ne semblait pas être intimidé par son employeur. Calder n'était pas certain de ce qu'il devait en penser. S'il n'avait pas pour objectif d'intimider les gens, il appréciait que tout le monde le laisse de côté.

— Très bien.

Calder se leva et prit une grande inspiration. Mais son pouls continuait sa course effrénée.

— Dois-je apporter des rafraîchissements ? s'enquit Truro en sortant du bureau.

Calder lui répondit d'un regard noir avant de passer devant lui à grandes enjambées pour se diriger vers le salon.

Avec ses hauts plafonds dorés et l'imposant portrait de son père qui trônait au-dessus de la cheminée, le salon était conçu pour être la pièce la plus luxueuse de Hartwood. Calder n'y avait rien changé depuis la mort de son père. Ce n'était pas par manque de volonté, car il méprisait tout ce que son père aimait, et il avait adoré cette pièce. Cependant, la volonté de frugalité de Calder l'emportait sur son désir de détruire tout ce à quoi son père avait tenu. Son père aurait attendu de lui qu'il « gaspille de l'argent » en rénovant la pièce, alors il ne l'avait pas fait.

Alors qu'il s'arrêtait sur le seuil, le regard de Calder se porta aussitôt sur Felicity. Elle se tenait devant les fenêtres qui donnaient sur les jardins et le parc au-delà. Dans sa tenue de velours vert foncé, sa silhouette et son profil avaient une allure royale. Une plume de couleur crème s'enroulait autour de son chapeau, ce qui l'irrita. Elle n'aurait pas dû avoir l'air si fraîche et si belle.

— Je n'arrive pas à croire que tu sois venue ici, dit-il en se dirigeant vers le centre de la pièce.

Il se rendit compte qu'il voulait l'intimider. Peut-être parce que son cœur battait si vite qu'il avait l'impression qu'il allait jaillir hors de son corps.

Elle se détourna de la fenêtre, un petit sourire sur la bouche. Elle le parcourut lentement du regard avant de s'arrêter sur son visage.

Il n'arrivait pas à déterminer ce qu'elle pensait de son examen. Ce qui l'irritait également.

— Bonjour, my lord.

— Si tu es venue pour avoir une conversation agréable au sujet des dix dernières années, tu risques d'être très déçue.

— Ce n'est pas le cas, dit-elle doucement en s'avançant vers lui, s'arrêtant à quelques centimètres.

En plus de son chapeau, elle portait encore ses gants. Visiblement, elle n'avait pas l'intention de rester. Tant mieux.

— Je suis venue parler de la fête de la Saint-Étienne.

Il grogna.

— Ce sont mes sœurs qui t'envoient.

— Bianca et moi en avons discuté, mais je voulais venir.

À présent, elle affichait un large sourire, mais pas le genre qui exprimait la joie. C'était le genre qu'un prédateur arborait juste avant de se lancer à l'assaut de sa proie.

Calder n'était la proie de personne.

— Tu as commis une grave erreur.

Elle haussa une épaule d'une manière tout à fait élégante.

— Probablement, mais je suis quand même là. Avant que nous ne discutions de la fête, et j'ai l'intention de le faire avant de partir, je pense que nous devrions peut-être mettre les choses au clair entre nous. Tu es en colère contre moi, mais je ne comprends pas pourquoi.

Elle avait l'air si calme, si raisonnable, il aurait pu croire qu'elle l'ignorait vraiment.

— Aurais-tu oublié ce que tu as fait ? Je ne vois pas comment ce pourrait être possible, vu que cela a radicalement changé ta vie.

Elle plissa les yeux, l'air confus.

— Ce que *j'ai* fait ?

Il eut envie de rire, mais cette situation n'avait rien de drôle. En fait, il trouvait exaspérantes ses tentatives d'oublier le passé.

— Tu es partie.

— *Je…* suis partie ? répéta-t-elle, secouant la tête. Tu n'es pas rentré à la maison pour Noël.

— Pourquoi l'aurais-je fait, sachant que tu avais obtenu ce que tu voulais, et que tu t'étais enfuie ?

Elle fit un pas vers lui, les yeux sombres, les muscles de la mâchoire tendus.

— Je n'ai absolument pas obtenu ce que je voulais. Tout ce que je voulais, c'était toi ! affirma-t-elle.

Ses paroles le transpercèrent, réveillant cette douleur qu'il pensait enfouie depuis longtemps.

— Mais tu as dit que je n'étais pas assez bien, que tu ne pouvais pas faire de moi ta duchesse.

Non, ce n'était pas du tout ce qui s'était passé. Son esprit revint à cette époque, à la visite que son père lui avait rendue en Écosse, où Calder était allé passer l'automne dans le pavillon de chasse d'un ami. La nouvelle qu'il venait lui annoncer résonna dans le cerveau de Calder.

Son père l'avait retrouvé dans la salle de rassemblement du pavillon, la mine sombre. *Je sais que tu vas avoir une mauvaise opinion de moi, mais il s'agit d'un cas où la fin justifie pleinement les moyens.* Calder n'aurait jamais pu imaginer ce qu'il avait dit ensuite. *J'ai proposé à Mlle Templeton et à sa famille une grosse somme d'argent pour quitter Hartwell. Elle a accepté avec grand enthousiasme. Elle n'a jamais voulu de toi, elle ne visait que ton titre, et plus important encore, ton argent. Je n'ai même pas eu à la convaincre, elle était soulagée d'être libérée des promesses qu'elle t'avait faites.*

Calder lui répondit d'une voix étrangement calme et singulière à ses propres oreilles.

— Je n'ai *jamais* dit cela. Vas-tu nier que ta famille a accepté de l'argent de mon père pour quitter Hartwell ?

— De l'argent ? Non ! s'écria-t-elle, posant les mains sur les hanches, les yeux brillant de colère. Nous avons quitté Hartwell parce que mon père pensait que je voudrais être loin de toi. Il a vendu sa ferme et nous avons déménagé à York, où vivait mon frère.

Elle mentait forcément. Calder n'avait pas d'autre explication.

Sauf qu'il en avait une. Son père n'avait pas apprécié d'apprendre que Calder souhaitait faire la cour à Felicity. D'un autre côté, il avait rarement été satisfait de ce que faisait son fils.

Il parvint à retrouver sa voix… difficilement.

— Mon père m'a dit qu'il t'avait offert de l'argent pour partir et que tu l'avais accepté avec joie, que tu étais heureuse d'être débarrassée de moi.

Le visage de Felicity blêmit, et Calder se demanda si elle n'allait pas s'évanouir. Puis il vit ses épaules se raidir.

— Je n'ai rien fait de tel, et ton père ne m'a rien offert d'autre qu'une lettre de toi disant que tu ne voulais pas m'épouser, que je n'étais pas une femme convenable pour un duc.

Calder se sentit léger, comme s'il flottait, comme si la terre avait disparu sous ses pieds.

— Je ne t'ai pas écrit de lettre.

Elle se rapprocha, tendant la main vers lui.

— Est-ce que tu vas bien ?

Il recula, hors de sa portée.

— Je vais bien.

Mais ce n'était pas le cas. Tout ce qu'il avait cru au cours des dix dernières années n'était qu'un mensonge. Son père avait creusé un fossé entre Felicity et lui. Non, pas un fossé. Il avait réduit leurs rêves en cendres.

Et Felicity avait épousé quelqu'un d'autre tandis que Calder était parti à Londres et avait fait les quatre cents coups jusqu'à ce qu'il ait tout perdu, à l'exception des vêtements qu'il portait et de la parure d'émeraudes que sa mère lui avait laissée. Le collier, les boucles d'oreilles et la bague étaient destinés à son épouse. Au final, il les avait vendus et s'en était servi pour se reconstruire sans l'aide de son père.

— Eh bien, moi, je ne vais pas bien, dit Felicity, le front plissé, arborant une moue peinée.

Elle croisa les bras sur sa poitrine, l'air dépité. Elle poursuivit.

— Je croyais que tu ne voulais pas de moi. Savoir que je me trompais…

— Ne fais pas ça.

Calder ne pouvait pas s'engager sur cette voie. C'était un passé lointain. Il n'était plus cet homme qui se laissait facilement manipuler.

— Nous ne pouvons pas changer ce qui s'est passé.

Et le simple fait d'y penser déclencherait une avalanche de douleur qu'il ne serait sans doute pas en mesure de supporter. Il n'en avait pas envie.

— Tu peux te contenter d'oublier ? demanda-t-elle, clignant des yeux.

Ensuite, elle le regarda droit dans les yeux pendant un long moment qui le mit mal à l'aise.

— On ne peut pas changer le passé, mais savoir la vérité change tout.

— Non, c'est faux.

C'était impossible. Il refusait de s'ouvrir à… quoi que ce soit.

— Je dois me remettre au travail.

Il commença à se retourner, mais elle s'avança et lui serra le bras.

En dépit de ses gants et des couches de ses vêtements qui séparaient sa chair de la sienne, il sentit cette connexion jusqu'à la moelle de ses os. La sensation grésilla en lui, réveillant un désir qu'il n'avait pas ressenti depuis une éternité.

Ou, plus exactement, dix ans.

Il dégagea son bras de son emprise et fixa sa main. Elle la laissa retomber contre son flanc et leva les yeux vers lui.

— Je t'ai dit que je ne partirais pas tant que nous n'aurions pas discuté de la Saint-Étienne.

C'était vrai, elle l'avait dit.

— Il n'y a rien à discuter. Thornaby l'organise cette année.

— Pourquoi ne t'en charges-tu pas ?

Parce que son père avait adoré le faire. Tout le monde était convaincu que la Saint-Étienne était consacrée aux serviteurs et aux villageois et que c'était leur jour préféré de l'année. Si tout cela était vrai, le père de Calder, lui, l'aimait par-dessus tout. Tout le monde le célébrait comme une sorte de roi, un être bienveillant qui daignait accorder à son peuple un jour de repos et de fête. Tout ce qu'il faisait avait pour but de lui valoir des louanges et de l'adoration. Et cela fonctionnait avec tout le monde, y compris avec les sœurs de Calder.

— C'est un événement coûteux.

Même si le coût n'était pas la raison principale de son refus d'organiser la fête, cette affirmation n'était pas un mensonge.

Elle haussa ses sourcils blonds.

— Je suis sûre que tu peux te le permettre.

— Tu ne sais rien de mes finances, et tu ne devrais pas faire de suppositions à ce sujet.

Il pouvait effectivement se le permettre, mais après avoir tout perdu et amassé une fortune entièrement par ses propres moyens, il n'avait pas envie de s'en séparer. Et la vérité était que son père, en dépit de ce qu'il affirmait, avait été un pitoyable gestionnaire financier. Il y avait de l'argent, mais pas autant qu'il aurait dû y en avoir. Calder avait l'intention de rendre le duché plus sûr financièrement que jamais.

— Je te demande pardon, dit-elle, mais il perçut une note d'exaspération dans sa voix. Que dirais-tu si d'autres en supportaient le coût, et que tu te contentais de laisser l'événement avoir lieu ici ? Cela allégerait le fardeau du transport de tout le monde à Thornhill.

— Ce n'est pas mon problème.

Elle poussa un soupir de frustration, et ses sourcils s'abaissèrent sur ses yeux magnifiques.

— Bien sûr que si. La fête de la Saint-Étienne est l'affaire des ducs de Hartwell depuis des générations.

— Plus maintenant.

Elle pencha la tête sur le côté, l'air à la fois curieux et suppliant.

— Pourquoi ? Qu'est-ce qui a changé ?

— Je suis le duc maintenant. Aucune loi ne m'oblige à accueillir quoi que ce soit.

Il plissa les yeux, agacé qu'elle le questionne, mais aussi heureux de leur échange, en quelque sorte. Mais bon sang, qu'est-ce qui n'allait pas chez lui ?

— Même si c'était le cas, je suis le magistrat.

— Tu es donc prêt à enfreindre la loi pour te faire plaisir ?

— Je suis la loi. Cependant, dans ce cas, il n'est pas question de loi, mais seulement de tes attentes.

Elle inspira brusquement, et, pour la première fois, il vit dans ses yeux quelque chose qu'il n'aimait pas : de la pitié. Tout à coup, tout le plaisir qu'il avait éprouvé, et c'était la première fois depuis longtemps, s'évapora.

— C'est à cause de moi que tu es comme ça ? Ou plutôt, à cause de ce que ton père a fait ?

Un millier d'émotions explosèrent en lui, mais il ne souhaitait pas les affronter. Il en avait terminé avec cet entretien.

— Tu as fait ce que tu étais venue faire. Nous avons réglé le passé et nous avons discuté de la Saint-Étienne. Je crois que nous en avons fini l'un avec l'autre.

Son affirmation semblait définitive, et c'était voulu. Au vu du léger plissement de ses yeux et de sa mâchoire crispée, il n'était pas certain qu'elle soit de cet avis.

— Tu n'as toujours pas fourni de raison acceptable pour

ne pas organiser la fête. Tu n'auras pas la moindre dépense à faire.

— Ce serait un désagrément. Tout comme tu en es un en ce moment.

Elle resta bouche bée un instant, avant de la refermer et de pincer les lèvres.

— Tu ne ressembles en rien au Calder que j'ai connu.

Le fait qu'elle utilise son prénom était à la fois comme un baume et comme une irritation. Il n'avait envie ni de l'un ni de l'autre.

— Parce que cet homme n'existe plus. Je vais demander à Truro de te raccompagner.

Il tourna les talons et quitta le salon, le cœur battant presque aussi fort qu'à son arrivée.

— Bon sang ! jura-t-il en retournant dans son bureau.

Se passant une main dans les cheveux, il tenta de chasser cette rencontre de son esprit. Mais tout ce qu'il voyait, c'était son visage en forme de cœur avec ses yeux vert émeraude époustouflants et provocants. Il ne sentait plus que le contact de sa main sur sa manche. Il ne sentait plus que le léger parfum de bergamote et de rose.

Les souvenirs qu'il s'était efforcé d'enfouir lui remontaient à l'esprit : lorsqu'il lui avait tenu la main, qu'il avait ri avec elle, qu'il s'était emparé de ses lèvres dans le plus doux des baisers…

Il avait passé la dernière décennie dans une sorte de purgatoire. Il craignait aujourd'hui de passer la prochaine en enfer.

CHAPITRE 3

*L*e majordome entra dans le salon quelques instants après, ou peut-être était-ce plus tard. Felicity n'était pas vraiment consciente du temps qui passait, car elle était tombée dans un état d'engourdissement absolu.

— Madame Garland ? insista doucement Truro depuis l'embrasure de la porte.

Felicity secoua la tête et revint au présent. Si elle ne le faisait pas, elle se perdrait totalement dans le passé, un passé qui lui avait volé son avenir.

L'amertume lui coupa le souffle pendant un instant. Elle porta la main à sa poitrine et cligna des yeux, de peur de se dissoudre dans une flaque de larmes devant le majordome de Calder.

Mais elle n'était pas du genre à pleurer. Elle était faite d'une étoffe rigide et solide, du moins, c'était ce que lui disait son père.

Son père. Avait-il joué un rôle dans le projet néfaste de celui de Calder ? Ce dernier leur avait-il versé une somme d'argent pour qu'ils puissent s'installer à York ? Avec le recul, il était étrange de constater la rapidité avec laquelle son père avait décidé de déménager et la facilité avec laquelle il avait vendu la ferme.

Elle eut à nouveau le souffle coupé, mais les larmes ne montèrent pas. Elle ressentait une vague d'indignation. Cependant, elle n'avait personne vers qui la diriger.

— Madame Garland ? répéta le majordome.

— Mes excuses, dit-elle précipitamment. Je suppose que vous ne pouvez pas me dire où je pourrais trouver Monsieur ?

Truro lui jeta un regard d'excuse, ses traits s'assombrissant brièvement.

— Je ne pense pas que ce serait judicieux.

— Probablement pas. Mais je dois lui parler encore un instant. Si vous ne me le dites pas, je partirai à sa recherche, lui dit-elle avec un regard narquois. Allez-vous m'arrêter ?

Il se redressa, et elle vit une nuance de quelque chose dans son regard… de l'admiration, peut-être.

— Je ne le ferai pas, dit-il avant de baisser la voix jusqu'à presque chuchoter. Son bureau se trouve dans le coin nord-est.

— Soyez béni, Truro.

Elle lui adressa un sourire avant de quitter précipitamment la pièce.

Doux Jésus, qu'était-elle en train de faire ? Calder ne voulait pas la voir. Il avait à peine supporté leur conversation dans le salon. Il semblait également tout à fait inflexible en ce qui concernait la fête de la Saint-Étienne.

Pourtant, il y avait quelque chose en lui, qu'elle avait entrevu lorsqu'elle lui avait demandé si c'était son père qui l'avait poussé à être ainsi aujourd'hui. À bien y repenser, Calder ne lui avait pas beaucoup parlé de son père. À présent qu'elle savait que cet homme avait orchestré la destruction de leur presque cour, elle se demandait de quelle autre manière il avait pu influencer Calder. Qu'ignorait-elle ?

Sans doute rien qu'il veuille lui dire.

Pourtant, elle allait essayer. Elle l'avait aimé dix ans plus tôt, et il l'avait aimée. Sans que cela soit de leur faute, hormis leur naïveté et leur idiotie à croire les mensonges de son père, ils avaient été privés de leur chance d'être ensemble. *À l'époque.*

Aujourd'hui, ils avaient une nouvelle chance. Felicity n'avait pas l'intention de la gâcher.

Elle trouva aisément son bureau. Cependant, la porte était fermée. Debout à l'extérieur, elle se mordilla la lèvre. Elle aurait dû frapper, mais elle avait déjà dépassé les limites de la bienséance.

Avant qu'elle ne puisse changer d'avis, elle ouvrit la porte et entra à grands pas. Calder, debout devant le buffet à droite de la pièce, se retourna. Un feu crépitait dans l'âtre sur le mur de gauche, et un fauteuil était placé à proximité pour profiter de la chaleur. Son bureau, où étaient empilés un registre et son courrier, se trouvait devant un ensemble de grandes fenêtres.

Elle balaya rapidement la pièce du regard avant de le poser sur sa proie.

— Tu sembles avoir besoin d'une amie. J'aimerais me porter candidate à ce poste.

Il la regarda fixement, bouche ouverte, avant de la refermer en faisant claquer ses dents.

— Je n'ai pas besoin d'une amie. Et si c'était le cas, ce ne serait pas toi.

— Pourquoi pas ? Nous étions de grands amis, il me semble. Plus que des amis, mais il n'est pas nécessaire d'en discuter. Je me rends bien compte que beaucoup de temps s'est écoulé.

Le cœur de Felicity se serra. Tant de temps perdu… Pourtant, elle ne pouvait pas l'ignorer, elle avait beaucoup aimé son mari et les années qu'ils avaient passées ensemble. C'était précisément le genre de mariage que sa mère l'avait encouragée à vivre. Leur union avait été fondée sur le respect mutuel et des intérêts communs. Sa mère lui avait dit que l'amour viendrait avec le temps, comme cela avait été le cas pour son père et elle. Mais Felicity n'avait jamais vraiment éprouvé ce sentiment pour James, du moins pas de la même façon que pour Calder.

Oh, Calder ! Son cœur se serra en le voyant debout devant elle, les traits tirés, tout son comportement rayonnant d'une froideur impénétrable.

— Une éternité s'est écoulée, dit Calder. Comment m'as-tu trouvé ? Vais-je devoir mettre un terme à l'emploi de Truro ?

— Absolument pas. Je lui ai dit que je partais, mais au lieu de cela, je t'ai cherché.

— Quelle joie !

Il se servit un verre de cognac. Était-ce du sarcasme ? C'était bien mieux qu'une froideur abjecte ! Elle regarda le verre qu'il tenait à la main.

— Tu ne vas pas m'en offrir ?

— Non. Je veux que tu t'en ailles.

— Je le ferai si tu me promets quelque chose.

Il ricana, puis but une grande gorgée de son cognac. Il haussa un sourcil vers elle et le cœur de la jeune femme s'emballa. Cela ressemblait plus au Calder qu'elle avait connu. Et aimé.

— Promets-moi de *réfléchir* à la possibilité d'organiser la fête de la Saint-Étienne ici.

— D'accord.

Elle était prête à parier sa maison de York qu'il mentait.

— Parfait. Je reviendrai demain pour que nous en reparlions.

En attendant, elle rendrait visite à Bianca et veillerait à ce qu'il y ait suffisamment de fonds pour soutenir l'événement sans demander de contribution à Calder.

Il fronça profondément les sourcils, le visage si contorsionné qu'elle faillit en rire.

— Je t'en prie, ne fais pas ça.

— Alors tu peux venir me voir. Je suis chez ma mère à Hartwell. Elle loue Ivy Cottage.

— Non.

— Alors je viendrai ici.

— Tu es incroyablement persévérante. Encore pire que Bianca.

— C'est un beau compliment, merci. Je persisterai jusqu'à ce que tu donnes ton accord. Vois-tu, je n'ai rien de mieux à faire.

— Je vois, répliqua-t-il d'un ton amer avant de boire un peu plus de cognac.

— Et toi, as-tu quelque chose de mieux à faire ?

Il lui jeta un regard noir.

— Oui. Ne viens pas me voir demain. Je vais étudier ta demande et je te donnerai ma réponse… jeudi.

— Il serait préférable de le savoir plus tôt afin de pouvoir modifier les arrangements, lui dit-elle, arborant son plus beau sourire.

— Tu crois vraiment que je vais changer d'avis.

— Si ce n'était pas le cas, j'aurais déjà abandonné. Je reviendrai mercredi, d'accord ? Je souhaite également que tu réfléchisses à nouveau à ton soutien à Hartwell House. J'ai cru comprendre que le bâtiment était délabré et que tu avais cessé les aides que ton père, dit-elle en laissant sa lèvre se retrousser légèrement, apportait à l'institution.

Comment cet homme avait-il pu se montrer si bienveillant lorsqu'il était question d'œuvres de charité, de ses locataires et de ses domestiques, et si diabolique à l'égard du cœur de son fils ? Elle avait envie d'interroger Calder à ce sujet et espérait en avoir l'occasion. Sa persévérance n'allait pas se limiter à la Saint-Étienne ou à Hartwell House… Elle allait faire plus que sauver une fête et une institution locale : elle allait le sauver lui aussi.

Le regard gris de Calder s'assombrit, comme un nuage d'orage laissant éclater la pluie.

— Maintenant, tu vas trop loin. En fait, c'est ce que tu fais depuis ton arrivée. Sors d'ici.

Elle posa sur lui un regard insistant.

— Je vais persister.

Ensuite, elle se retourna et quitta la pièce avant qu'il ne dise un mot de plus.

Cela s'était mieux passé qu'elle ne l'avait pensé. Elle s'était presque attendue à ce qu'il lui hurle dessus et la bannisse à jamais du domaine. Au lieu de cela, elle avait obtenu un futur rendez-vous, même s'il ne le souhaitait pas vraiment.

Alors que sa berline s'éloignait du domaine, sa bravade s'estompa, et un sentiment de mélancolie s'empara d'elle. Non, c'était quelque chose de bien plus profond. C'était une tristesse qui lui envahissait l'âme à cause d'un amour qu'elle n'avait pas perdu, mais qu'on lui avait volé. Elle ressentait de la colère, du désespoir, du regret et un chagrin écrasant. Elle se rendit compte qu'une larme lui avait échappé et roulait sur sa joue.

Si c'était ce qu'elle ressentait, elle ne pouvait qu'imaginer la réaction de Calder. Il était déjà tellement brisé, du moins, c'était ce qu'il lui avait semblé. Ce devait être un coup dur pour lui d'apprendre que son père avait menti sur le fait qu'il l'avait achetée.

S'il n'avait pas eu besoin d'être sauvé auparavant, selon elle, c'était le cas maintenant. Et c'était elle qui s'en chargerait, qu'il le veuille ou non.

❧

*L*e soleil était brillant derrière ses paupières et chaud sur son visage. L'herbe était douce sous lui, l'odeur du chèvrefeuille flottait dans l'air tandis que la brise lui chatouillait le nez.

— Tu dors ?

La voix douce et sucrée de son amour était encore plus belle que le jour d'été. Il ouvrit les yeux et la vit se pencher sur lui. Des mèches de ses cheveux blonds effleuraient ses joues, et le soleil derrière elle créait un halo autour de sa tête.

— Tu as l'air d'un ange, murmura-t-il.

— Alors, tu es sûrement le diable.

Elle agita les sourcils, puis rit doucement.

— Tentatrice, murmura-t-il avant d'enrouler sa main autour de son cou et de l'attirer à lui pour l'embrasser.

Leurs lèvres se rencontrèrent avec une étincelle de chaleur et de désir. L'envie submergea Calder. C'était une torture de l'embrasser ainsi en sachant qu'il ne pourrait pas faire plus. Il ne le ferait pas, pas avant qu'ils ne soient mariés.

Il ouvrit la bouche et elle fit de même, leurs langues se rejoignant dans un combat mêlant la faim et l'exploration. De son autre main, il lui agrippa la hanche et l'attira sur lui.

Elle se pressa contre lui, plaquant leurs corps l'un sur l'autre. Il gémit, se délectant du pur plaisir de son étreinte et de ce parfait après-midi de bonheur. Si seulement cela pouvait toujours être ainsi... Ce serait le cas une fois mariés. Après son retour d'Écosse, il lui ferait la cour pendant les vacances de Noël et ils se marieraient après l'Épiphanie. L'avenir ne lui avait jamais semblé aussi merveilleux.

Il la fit basculer sur le dos, la faisant haleter puis rire dans sa bouche. Il s'écarta assez longtemps pour lui sourire. Puis le sol se mit à bouger.

Les brins d'herbe se mirent à pousser et s'enroulèrent autour d'elle, s'emparant de son corps tandis que la terre cédait sous elle.

Elle écarquilla les yeux, puis s'éloigna de lui lentement, entraînée par l'herbe et la terre. Il ne pouvait pas la tenir. La terreur lui saisit le cœur, et il cria son nom. Encore et encore.

— Ne me lâche pas ! s'écria-t-elle. Tu as promis que nous serions ensemble.

— Jamais.

La voix de son père tonna autour de lui comme un coup de tonnerre. Le soleil disparut, emportant sa lumière et sa chaleur. La terre devint grise et stérile.

Puis le sol l'engloutit toute entière, et il se retrouva étendu face contre terre dans l'herbe. Mais ce n'était plus de l'herbe. C'était un tapis qui lui collait au visage.

— Tu es pathétique.

C'était son père, encore.

Calder cligna des yeux lorsqu'il vit son appartement de l'Albany.

— Je ne te donnerai plus d'argent, cracha le duc. Tu es seul. Quelle honte pour moi, pour notre famille !

L'estomac de Calder s'agita.

— C'est faux, murmura-t-il d'une voix presque inaudible.

— Reprends-toi et viens me voir. Je t'enverrai dans le comté de Durham dans une berline postale.

La maison... Hartwell... où elle avait choisi l'argent plutôt que lui. Il n'y retournerait jamais.

— Non, croassa Calder en levant la tête du sol, plissant les yeux vers la silhouette sombre qui se tenait au-dessus de lui.

La pointe d'une botte s'écrasa contre les côtes de Calder.

— Alors, tu es seul.

Calder baissa la tête, mais ce n'était pas un plancher. C'était doux, comme un oreiller...

Haletant, Calder se retourna et s'assit, et sa poitrine se souleva au rythme de sa respiration. De la sueur coulait de son front, et ses draps retombèrent autour de sa taille. Il inspira profondément, essayant de se défaire de l'emprise du cauchemar.

Ce n'était qu'un rêve.

Sauf que ces choses étaient arrivées. C'étaient des souvenirs, l'après-midi joyeux avec Felicity, et l'insensibilité froide de son père.

Cependant, il les voyait à présent sous un angle différent. Son père avait été encore plus cruel que ce que Calder avait su. Ses attentes et ses exigences, sa violence étaient déjà assez graves, mais à présent, il savait ce qu'il avait réellement fait. Son père avait usé de tromperie malveillante pour le séparer de la femme qu'il aimait. Elle n'avait pas pris son argent.

Du moins, c'était ce qu'elle disait.

Calder passa une main sur son front couvert de sueur. Il avait passé dix ans à la détester, et maintenant, il allait simplement croire ce qu'elle lui disait ?

L'alternative, c'était de croire la version de son père sur ce qui s'était passé. Dix ans plus tôt, il aurait cru Felicity sans hésiter. Aujourd'hui... il était amer et méfiant, et il se protégeait de tout et de tous.

Son cœur ralentit et, alors que la sueur qui maculait sa peau commençait à s'évaporer, il eut froid. Les braises couvaient dans le foyer de la cheminée, visible à travers une ouverture dans le rideau qui entourait son lit. Se renfrognant, il s'allongea et remonta les couvertures jusqu'à son menton.

La vérité n'avait pas d'importance. Ce qui s'était passé dix ans plus tôt appartenait au passé, et ils ne pouvaient rien y changer. Il s'était tiré du désespoir et de l'échec, et, avec le décès de son père, il allait construire un nouvel héritage pour le duché. Son père avait voulu qu'il soit impitoyable dans tout ce qu'il faisait, que ce soit à l'école, dans le mariage, ou dans les finances. Il avait exigé de Calder qu'il soit le meilleur en tout : il n'y avait pas de temps pour l'amour ou la douceur. Tout cela viendrait plus tard, lorsqu'il aurait fait tout ce qu'il fallait pour s'établir en tant que premier noble du royaume. Chaque duc se devait, au nom de ses racines, de se hisser plus haut que le précédent.

C'était précisément ce que faisait Calder. Sa fortune était plus importante, ses possessions plus étendues, son influence sans pareille. Il serait temps pour lui de prendre une femme et de soutenir la communauté locale, ce que son père lui aurait demandé de faire s'il était ici.

Mais il ne l'était pas, et Calder allait faire exactement le contraire. Son père serait horrifié d'apprendre qu'il ne se marierait jamais et ne laisserait jamais d'héritier, qu'il refusait de soutenir Hartwell House, qu'il avait mis fin à des centaines d'années de tradition.

Et cela rendait Calder heureux.

Enfin, aussi heureux qu'il pouvait l'être. Il ne ressentait plus jamais cette émotion.

Mais il y avait eu une lueur cet après-midi-là… lorsque Felicity lui avait rendu visite…

Pourquoi diable avait-il accepté d'envisager que la fête de la Saint-Étienne se tienne ici ? Et pourquoi avait-il consenti à ce qu'elle lui rende une nouvelle visite qui ne ferait qu'ébranler sa façade soigneusement travaillée ?

Elle souhaitait également qu'il revienne sur sa décision de ne plus soutenir Hartwell House. Mais il n'était pas un héros, ni pour elle, ni pour personne. Plus vite elle l'accepterait, mieux ils se porteraient.

Il avait eu une idée au sujet de Hartwell House et en avait parlé à ses sœurs. Il était temps de la concrétiser. Hartwell House devait être un hospice. S'ils voulaient reconstruire la propriété de Buckleigh, Shield's End, en tant que nouvelle institution, ce devrait être en tant qu'hospice géré par le comté. Il n'était jamais bon de dorloter les gens, son père avait au moins eu raison sur ce point.

Calder ferma les yeux, espérant que son sommeil ne serait pas davantage troublé. Il s'efforça d'empêcher les souvenirs de refaire surface dans son esprit. Ce qu'il avait appris ce jour-là n'y changeait rien. Le passé devait rester là où était sa place : dans le passé.

CHAPITRE 4

— *B*onjour, madame Garland, dit Agatha, leur bonne à tout faire, en accueillant Felicity avec un sourire aimable.

Fatiguée par une nuit plutôt agitée, Felicity étouffa un bâillement en descendant la dernière marche.

— Bonjour, Agatha. Ma mère est-elle debout ?

— Oui, elle vient de s'asseoir à table. Je vais chercher le petit déjeuner.

— Merci.

Elle inclina la tête et la femme, qui avait environ dix ans de plus qu'elle et qui vivait à proximité du centre de Hartwell avec son mari et son fils, se dirigea vers la petite cuisine à l'arrière du cottage.

Felicity rejoignit le salon où elles prenaient leur petit déjeuner à une table ronde pour deux personnes, située près de la fenêtre donnant sur la rue. Elle hésita sur le seuil de la porte. Comme Agatha l'avait dit, sa mère était déjà assise.

Après avoir passé la nuit à penser à Calder et aux années qu'ils avaient perdues, Felicity était épuisée, autant mentalement que physiquement. En dépit de cela, elle savait qu'elle devait trouver le courage de parler à sa mère de ce qu'elle avait appris la veille.

Felicity n'avait pas pu aborder le sujet à son retour la veille. Cette nouvelle ainsi que le temps passé avec Calder l'avaient bouleversée.

Son cœur se mettait à battre la chamade lorsqu'elle pensait à lui, mais seulement pour un instant avant que le poids de sa froideur ne le broie. Et ensuite, elle sentait qu'elle pouvait souffrir pour lui.

— Felicity ? l'appela sa mère depuis la table.

Elle plissa le front en regardant sa fille d'un air perplexe.

— Tu as oublié quelque chose ?

— Non.

Felicity secoua légèrement la tête, puis rejoignit la table et s'assit en face de sa mère, qui lui versa une tasse de thé.

— Tu as bien dormi ? s'enquit sa mère.

— Pas particulièrement.

Il n'y avait pas lieu de tergiverser. Elle avait besoin de libérer son esprit.

— Hier, c'est au duc que j'ai rendu visite.

Elle n'avait pas besoin de préciser duquel il s'agissait. Il n'y en avait qu'un seul dans les environs, et, en ce qui concernait Felicity, il n'y en avait vraiment qu'un seul, point.

Elle lut la surprise dans le regard de sa mère avant de prendre un petit pain dans le panier qui se trouvait entre elles.

— Et comment t'a-t-il reçu ?

— Pas bien, dit Felicity.

Agatha entra avec deux assiettes couvertes et en plaça une devant chacune d'elles. Elle retira les couvercles et dévoila des œufs et du jambon bien chauds, avant de leur souhaiter un bon repas et de s'en aller.

Felicity prit sa fourchette, mais ne mangea pas. Au lieu de cela, elle poursuivit, regardant sa mère avec incertitude.

— Il me méprise fortement. Il croit qu'il y a dix ans, j'ai accepté de l'argent de son père, et que j'ai quitté Hartwell pour éviter de l'épouser. Évidemment, je n'ai rien fait de tel, précisa-t-elle, le ventre noué par l'angoisse avant de poursuivre. Toutefois, je me demande si papa l'a fait ? S'il a accepté de l'argent du duc, je veux dire.

Voilà, elle l'avait dit.

Sa mère, qui coupait son jambon, s'arrêta, et son corps se raidit. Lorsque ses yeux croisèrent ceux de Felicity, ils étaient pleins de larmes.

— Je suis tellement désolée.

Elle avait murmuré ses excuses d'une voix douce qui déchira le cœur meurtri de Felicity.

— Oh, maman !

Felicity avait la gorge nouée, mais elle déglutit pour refouler ses larmes. Elle tendit la main par-dessus la table et toucha brièvement le poignet de sa mère.

— Pourquoi a-t-il fait une telle chose ?

Reniflant, sa mère posa ses couverts, puis tamponna ses yeux avec sa serviette.

— Ton père avait parlé de vendre la ferme. Il était fatigué, et tes frères ne voulaient pas la reprendre. Lorsque le duc lui a offert une importante somme pour la propriété, Percy a sauté sur l'occasion. Mais, il y avait une condition : nous devions quitter Hartwell et tu ne devais pas épouser Chilton, expliqua-t-elle, appelant Calder par son ancien titre. Ton père a accepté.

— Le duc s'est assuré que je n'épouserais pas son fils.

Felicity sentait sa colère enfler. Elle serra ses mains sur ses genoux, comprimant sa frustration entre ses doigts.

— Il a fabriqué une fausse lettre de Calder disant qu'il ne voulait pas m'épouser, que je n'étais pas assez bien. Mais, bien sûr, tu le sais, dit-elle d'une voix triste.

Elle se rappelait ses sanglots au creux des bras de sa mère pendant des semaines après leur installation à York.

Sa mère acquiesça en tamponnant un nouveau flot de larmes.

— Je n'étais pas certaine qu'il s'agissait d'un faux, mais il semblait évident que le duc n'était pas favorable à votre mariage. C'était un homme très puissant, Felicity. Nous avons pris l'argent et nous sommes partis, comme il le voulait.

Felicity aurait voulu comprendre, mais la douleur au creux de sa poitrine était presque écrasante.

— Je l'aimais.

— Tu le disais, mais tu étais trop jeune.

— Je ne suis plus trop jeune maintenant. Je sais qui je suis aujourd'hui et qui j'étais à l'époque. Je l'aimais et il m'aimait. Nous avons perdu une décennie ensemble.

— Mais tu aimais James ! s'écria sa mère. Tu as eu un bon mariage.

— C'est vrai, notre mariage était agréable, mais je ne l'aimais pas. Je tenais beaucoup à lui. Mais ce n'était pas la même chose.

L'affection qu'elle avait ressentie pour son mari, de vingt ans son aîné, n'était pas comparable à la vague de passion sauvage qu'elle avait éprouvée pour Calder. Une passion qui avait ressurgi la veille. Une partie de son insomnie était due au souvenir de la manière dont il l'avait caressée, embrassée et regardée comme si elle était la chose la plus importante au monde. Que n'aurait-elle pas donné pour revivre tout cela !

— Maman, quand je pense à tout ce que j'ai manqué, je suis à la fois en colère et triste. Cependant, je ne peux pas changer le passé.

Calder avait au moins raison sur ce point. Mais il se trompait en s'accrochant à ses sentiments de rage et de perte.

— Et toi non plus. Je te pardonne, et je pardonne à papa.

Si Felicity avait appris quelque chose, surtout après avoir passé du temps avec Calder la veille, c'était que la vie était trop courte pour garder des rancunes ou laisser les blessures dominer ses émotions.

Sa mère plaqua une main sur sa bouche et hocha la tête, alors que de nouvelles larmes lui échappaient. Reniflant bruyamment, elle s'essuya le visage.

— Je suis tellement désolée. Honnêtement, je ne vois pas ce que nous aurions pu faire d'autre, dit-elle, blêmissant. Le duc est-il terriblement en colère ?

Entre autres choses, mais Felicity ne le dit pas. Peu importait ce qu'il ressentait ou ce qu'il pouvait y avoir entre eux, cela resterait comme cela, entre eux.

— Il est passé à autre chose, répondit Felicity avec précaution.

— Il a la réputation d'être froid et cruel. Il vient rarement au village. Et il ne s'est jamais marié. Avons-nous… ?

Sa mère secoua la tête et se tourna vers la fenêtre, la mâchoire serrée.

— Comme je l'ai dit, nous ne pouvons pas changer le passé. Nous sommes ici en ce moment, et j'ai l'intention d'essayer de réparer les choses du mieux que je peux.

Alors qu'elle posait à nouveau son regard sur Felicity, les lèvres de sa mère s'entrouvrirent et elle la fixa un instant.

— Vas-tu tenter de reprendre une cour avec lui ?

Felicity haussa une épaule.

— Je ne sais pas si c'est possible. Cependant, si je peux l'aider à trouver la joie qui semble manquer dans sa vie, je considérerai cela comme une bénédiction. Et c'est le moins que notre famille lui doive.

Hochant la tête, sa mère remit sa serviette sur ses genoux.

— Tu as un bon cœur, ma chérie.

Felicity espérait qu'il en serait de même pour Calder, une fois qu'elle aurait traversé les ténèbres pour l'atteindre.

Cet après-midi-là, Felicity avait écouté sa mère s'excuser des dizaines de fois, et elle était plus que prête à partir pour Buck Manor. C'était un trajet de vingt kilomètres, assez long pour permettre à Felicity de se débarrasser de sa contrariété persistante de la matinée et d'envisager les prochaines étapes avec Calder.

Aujourd'hui, elle discuterait avec Bianca de la fête de la Saint-Étienne et de Hartwell House. Felicity était déterminée à faire changer d'avis Calder sur ces questions, au moins. Et si cela se passait bien, elle le convaincrait de s'excuser auprès de Bianca et de lui donner l'accord qu'il lui avait refusé.

Elle ne demandait pas grand-chose, si ?

Felicity était consciente de s'embarquer dans une mission insensée. Pourtant, elle devait essayer. Pas seulement pour le bien du village, des gens du domaine de Hartwood et des habitants de Hartwell House, mais pour l'âme même de Calder. Elle voyait qu'il avait presque disparu, qu'il n'était plus que l'ombre de lui-même.

Le mot important étant *presque*.

Il y avait des lueurs d'espoir sous sa carapace, et Felicity s'y accrochait comme si sa vie en dépendait. Ou la sienne.

Lorsque sa berline arriva à Buck Manor, elle débordait d'énergie et d'impatience. Elle était prête à effacer les dix dernières années.

Le majordome prit ses affaires et la conduisit au salon. La cheminée et les fenêtres étaient décorées de verdure et du gui était suspendu près de la porte. Bianca ne la fit pas attendre longtemps.

— Felicity ! Quel plaisir de te revoir si vite ! s'exclama la jeune femme, pleine de vivacité dans sa robe vert forêt. Dis donc, c'est un sacré voyage à faire toute seule ! Ta mère n'est pas venue ?

Felicity secoua la tête.

— Elle est toujours en convalescence, même si elle aurait

probablement aimé venir. Malgré tout, c'est une visite que je devais faire seule.

Bianca haussa un sourcil, le regard curieux.

— Je vois, dit-elle en montrant du doigt un coin salon près de l'âtre, où brûlait un feu chaleureux. Veux-tu t'asseoir ?

Felicity se dirigea vers le canapé tandis que Bianca prenait place sur un fauteuil à proximité.

— J'ai rendu visite à Calder hier.

Elle s'était servie de son nom, et elle décida de ne pas se censurer. Pour elle, il serait toujours Calder, et, franchement, elle se fichait de savoir qui le savait.

Bianca haussa les sourcils.

— Tu y es vraiment allée ?

Felicity hocha la tête.

— C'est un vrai désastre, n'est-ce pas ?

Bianca rit.

— Quel plaisir de parler ouvertement de lui avec quelqu'un ! En dehors de ma sœur et Ash, bien sûr. Tu es très courageuse d'y être allée. Comment cela s'est-il passé ?

— Aussi bien que tu peux l'imaginer. Il a dit qu'il n'avait pas les moyens d'organiser la fête de la Saint-Étienne, mais je ne vois pas comment ce serait possible.

— Merci ! s'exclama Bianca. Moi non plus.

— Je le lui ai dit, mais cela n'a fait que le rendre plus grincheux. J'ai donc suggéré qu'il nous laisse, toi et tous les autres, je veux dire, organiser la fête à Hartwood sans que cela lui coûte quoi que ce soit.

— Pourquoi n'y ai-je pas pensé ? demanda Bianca en tapotant sa lèvre du doigt.

— Serais-tu d'accord avec cet arrangement ?

— J'en serais *ravie* ! A-t-il vraiment accepté ? s'enquit la jeune femme, incrédule. Tu aurais accompli un miracle.

— Ne me remercie pas pour l'instant. Il y réfléchit.

— C'est plus que ce que j'ai réussi à faire avec lui, répondit Bianca, se calant dans son siège en croisant les bras. C'est une excellente solution et ce serait tellement plus facile que de transporter tout le monde à Thornhill !

— Espérons qu'il sera d'accord.

Felicity en doutait, ce qui signifiait qu'elle devait trouver un moyen de le convaincre. Peut-être pourrait-elle le contourner et aller directement voir Truro pour lui demander de l'aide... Le majordome était une lueur d'espoir dans cette maison.

Bianca décroisa les bras et se pencha en avant, les yeux brillants.

— Ce ne sera sans doute pas le cas, mais nous pourrions peut-être le piéger.

Felicity rit, amusée qu'elles en soient plus ou moins arrivées à la même conclusion.

— À quel point Truro lui est-il loyal ?

— Pas autant qu'il l'est envers moi, répondit Bianca avec une jubilation sournoise, plissant les yeux. Oh, il faut que je réfléchisse à cela. Tu retournes le voir demain ?

Felicity hocha la tête en guise de réponse. Bianca poursuivit.

— Je suppose que cela n'aiderait pas que je vienne avec toi.

— Je ne crois pas.

Felicity comptait sur un avantage qu'elle seule possédait : leur histoire commune. Ce qui, malheureusement, incluait un chagrin d'amour. Peut-être qu'elle devrait lui offrir de nouveaux souvenirs...

— Bianca, pourras-tu coordonner le déplacement de la fête à Hartwood ?

— Certainement. La mère d'Ash m'a aidée, répondit Bianca, penchant la tête sur le côté. Tu m'as dit que tu lui avais aussi parlé de Hartwell House ?

— Je l'ai fait, brièvement. Tu as dit à l'assemblée que l'établissement avait besoin de réparations ?

— Oui, il y a des fuites dans plusieurs chambres, et il n'y a vraiment pas assez d'espace pour accueillir tout le monde. Le nouveau Shield's End apportera un bien meilleur soutien à l'institution, mais cela ne se fera pas avant un certain temps, de sorte que Hartwell House doit être réparée. En outre, nous prévoyons de nous en servir comme école pour les enfants qui vivent à Hartwell House et comme école de jour pour tous les autres habitants de la région.

— C'est absolument merveilleux.

Felicity ressentit une envie soudaine de retourner à Hartwell pour pouvoir participer à ces changements passionnants.

À moins que ce ne soit pour être proche de Calder ?

Elle n'était pas prête à répondre à cette question. Vouloir qu'il soit en paix et heureux n'était pas la même chose que de raviver leur relation. Mais elle craignait de ne pas pouvoir décider si elle le voulait ou non. La passion qu'elle avait ressentie pour lui dans leur jeunesse lui avait semblé totalement hors de son contrôle et de son imagination.

— Poppy et Gabriel en font déjà beaucoup pour Hartwell House, l'informa Bianca. Et maintenant, Ash et moi nous concentrons sur la reconstruction de Shield's End. Poursuivre le soutien que notre père a apporté à Hartwell House est le moins que Calder puisse faire. Honnêtement, même s'il se contentait de leur donner le règlement de ma dot, je lui en serais reconnaissante.

Felicity inclina la tête.

— Voilà qui est très désintéressé de ta part.

— Ce serait le cas si j'étais autorisée à le faire, dit-elle avec un soupir de frustration. Ils ont plus besoin de cet argent que nous, plus que Calder, même. Honnêtement, je ne sais pas comment il est devenu si avare.

Felicity pensait connaître au moins une partie de l'histoire, mais elle soupçonnait qu'il y avait plus. Et elle était déterminée à le découvrir.

~

*M*ême si Calder s'attendait à la visite de Felicity, son cœur s'emballa lorsque sa berline s'arrêta devant la maison. Il voyait le véhicule depuis la fenêtre de son bureau, mais cela faisait un peu plus d'une heure qu'il la guettait.

Il se leva et se rapprocha de la vitre. Il avait encore rêvé d'elle la nuit précédente, mais pas de la même manière que celle d'avant, un cauchemar, à cause de son père.

Calder refoula ces pensées. Il avait ruiné la vie de son fils une fois, peut-être même deux, et il refusait de le laisser recommencer.

Il la regarda descendre de la berline, puis disparaître à sa vue. Se tournant vers la porte, il inspira profondément et attendit que Truro vienne le chercher.

Isis était assise devant le feu, le regard rivé sur lui, comme si elle attendait elle aussi avec impatience.

Après plusieurs longues minutes, Calder commença à faire les cent pas. Qu'est-ce qui prenait tant de temps ? Il se retint de partir à sa recherche. Pendant ce temps, Isis suivait ses mouvements, ne le quittant jamais des yeux.

Enfin, Truro frappa à la porte.

— Entrez ! aboya Calder.

Il s'arrêta de marcher, fronça les sourcils et se tourna vers la porte.

Truro ouvrit la porte et inclina la tête.

— Mme Garland est ici. Elle vous attend dans le salon.

— Il était temps ! marmonna Calder, passant devant Truro pour se rendre au salon.

Sur le seuil, il s'arrêta net et regarda fixement la scène qui s'offrait à lui.

Felicity était assise sur une couverture déployée au centre de la pièce, la jupe de sa robe bleu vif arrangée autour d'elle comme les pétales d'une fleur. Un panier était posé au bord de la couverture, et des assiettes de nourriture étaient disposées dessus, avec deux chopes.

— Est-ce de la bière ? demanda-t-il alors qu'un lointain souvenir lui revenait à l'esprit.

— Oui.

— Et des scones aux mûres.

Il posa les yeux sur l'assiette qui contenait les pâtisseries.

— Oui.

Il savait tout ce qu'il y avait sur la couverture : c'était une reconstitution d'un pique-nique qu'ils avaient fait dix ans plus tôt. Le jour même où il l'avait embrassée sous un soleil de plomb. Le jour dont il avait rêvé l'autre nuit, avant que cela ne tourne au cauchemar.

Une certaine méfiance le gagna, diluant un élan de plaisir choquant. Même la couverture sur laquelle elle était assise semblait être la même.

— Qu'est-ce que tu fais ? demanda-t-il, cherchant à se défendre contre un assaut d'émotions dont il ne voulait pas.

— Un pique-nique. Je crains qu'il ne fasse trop froid dehors. J'avais peur qu'il se mette à neiger.

Calder s'en était inquiété lui aussi. En fait, il avait menacé le ciel s'il osait empêcher Felicity de venir. Ce qui signifiait qu'il avait attendu sa visite avec impatience. Non pas qu'il l'admettrait à voix haute.

— Tu ne vas pas t'asseoir ? demanda-t-elle.

— Je n'ai pas faim.

Mais, en réalité, il avait faim. D'elle.

Les années avaient été plus que clémentes avec elle. Elle était encore plus belle que dans ses souvenirs. L'expérience conférait à ses traits une sagesse séduisante. Par ailleurs, il se dégageait d'elle un sentiment de confiance et de grâce, ce qu'une jeune fille de dix-huit ans ne possédait pas toujours en abondance.

Ou un jeune homme de vingt ans.

Mon Dieu ! Ils avaient été si jeunes ! Et naïfs. Et si stupides, à croire qu'ils pourraient se construire un avenir, l'héritier d'un duché et la fille d'un simple fermier.

Il s'avança vers la couverture, attiré par un fil invisible. Ou peut-être était-ce l'attrait de ce à côté de quoi il était passé.

Il se laissa tomber et tendit la main vers la chope, impatient de boire une gorgée de bière revigorante.

— C'est Tom qui te l'a fournie ?

Elle hocha la tête.

— Évidemment. Dans quel autre endroit aurais-je pu en trouver ?

Tom était le seul brasseur de Hartwell.

— J'ai la mienne ici.

— Peut-être devrions-nous y goûter aussi, suggéra-t-elle joyeusement en prenant sa chope.

La levant vers lui, elle dit :

— Portons un toast à l'avenir.

Il ne voulait pas boire à cela. Et pourtant, il avait besoin d'un verre pour se calmer. Il ne frappa pas sa chope contre la sienne, mais la souleva et prit une gorgée.

Elle fit de même, puis la posa avant d'attraper l'assiette de scones.

— Veux-tu un scone ? Ma bonne, Agatha, les a faits ce matin. C'est une excellente cuisinière.

— Je vois ce que tu essaies de faire.

— Et qu'est-ce que c'est ? demanda-t-elle innocemment.

— Ceci ressemble étrangement à un pique-nique que nous avons partagé un jour.

— Est-ce que c'est dérangeant ? J'espère que non. Je garde un souvenir impérissable de cette journée. En fait, c'est l'un de mes souvenirs les plus chers.

Le pouls de Calder s'emballa, et il but une longue gorgée de bière.

— Ceux-ci ne concernent-ils pas uniquement ton mari ?

— Non, dit-elle doucement. J'ai de bons souvenirs de notre mariage, mais… ce n'est pas la même chose.

Quelque chose se déploya en Calder, comme une fleur s'épanouissant sous les rayons du soleil.

— J'avais entendu dire que tu étais veuve. Comment est-il mort ?

Calder prit une bouchée de scone en attendant sa réponse.

— Il a été longtemps malade. Il avait vingt ans de plus que moi.

Calder l'ignorait.

— Tu es tombée amoureuse de lui ?

— Non. Il était gentil, et j'ai senti que je devais l'épouser.

Il l'avait imaginée tombant amoureuse d'un jeune homme fringant, puis se lamentant tristement après l'avoir perdu. Savoir qu'il s'était totalement fourvoyé était à la fois un soulagement et… triste.

— Étais-tu heureuse, au moins ?

— Oui. C'était un excellent mari. Nous n'avons pas eu la chance d'avoir des enfants, mais nous avons eu une vie agréable.

Sa description semblait si… plaisante. Et même si ce n'était pas ainsi qu'il avait imaginé leur propre mariage, « une vie agréable » était tout de même bien mieux que celle de Calder.

— Je suis désolé pour ta perte.

— Merci, répondit-elle avant de boire une gorgée de sa bière. Pourquoi ne t'es-tu pas marié ?

Elle le regarda avec circonspection par-dessus le bord de sa chope.

— J'ai été trop occupé.

Il avait totalement ignoré le marché du mariage à Londres. À la place, il avait passé quelques années à perfectionner un comportement de débauché, entretenant des liaisons au gré de ses envies. Ces dernières années, il avait eu une maîtresse chaque année, et avait toujours mis un terme à l'arrangement à la fin de la saison. Aujourd'hui, il ne se rappelait aucun des noms ou des visages. Il ne se souvenait que de Felicity. Son sourire adorable, ses yeux magnifiques, son rire pétillant.

Elle prit une figue.

— C'est bien que nous soyons à l'intérieur. Tu te souviens de ce qui s'est passé au pique-nique ? demanda-t-elle, le coin de sa bouche se relevant légèrement.

Pour la première fois depuis une éternité, Calder sentit ses lèvres le tirailler. Quel effet cela ferait-il de sourire ? De rire ?

— Ferais-tu référence à l'oiseau qui a déféqué sur la couverture ? Au fait, est-ce la même ?

Elle hocha la tête.

— Tu t'en souviens.

Le bonheur faisait vibrer sa voix. Le son l'atteignit comme un millier de feux d'artifice explosant dans le ciel.

Il se souvenait de chaque instant, de l'oiseau, de leurs rires, de ses invectives à l'égard du volatile qui avait depuis longtemps disparu. Le goût des baies sur sa langue, la montée du désir lorsqu'il l'avait regardée lécher ses doigts, la douceur de ses lèvres contre les siennes.

Qu'elle ait gardé la couverture et qu'elle l'ait apportée aujourd'hui déclencha en lui une bouffée de plaisir. Il but une nouvelle gorgée de bière, en complet décalage avec lui-même. C'était à la fois étrange et importun, mais aussi totalement familier et… merveilleux.

— J'ai essayé de recréer cette journée, dit Felicity d'une voix douce. Cependant, je n'ai pas de chien.

Là, Calder se mit à rire. C'était une sensation bizarre, surprenante, à tel point qu'il mua son rire en toux. L'étincelle dans le regard de Felicity lui indiqua qu'elle n'était pas convaincue qu'il toussait, qu'elle savait qu'il avait ri.

— Tu te souviens du chien ? lui demanda-t-elle.

Il hocha la tête, puis siffla. Un instant plus tard, Isis entra au trot dans le salon. Elle vint s'asseoir à côté de Calder.

Felicity sourit chaleureusement au lévrier.

— Qui est cette belle créature ?

— Voici Isis, dit Calder en lui caressant la tête, et elle enfouit son museau dans sa main. Contrairement au chien qui nous a interrompus cet après-midi-là, Isis m'appartient.

Le fameux chien, qui appartenait aux propriétaires d'un cottage voisin, avait empêché leurs baisers d'évoluer vers quelque chose de plus. À l'époque, il avait remercié l'animal de l'empêcher de perdre la tête. Avec le recul, il aurait souhaité que le chien ne les trouve jamais.

Felicity se rapprocha d'Isis et tendit la main pour que la chienne puisse la renifler.

— Oh ! Comme tu es jolie ! s'exclama-t-elle tandis que l'animal inclinait la tête pour qu'elle puisse caresser son poil court et doux. Calder, elle est adorable.

Felicity croisa son regard et il fut immédiatement envahi d'une vague de nostalgie, suivie d'un malaise.

Après avoir si longtemps fui les émotions, en particulier les plus agréables, il était accablant de ressentir autant de choses à la fois.

— J'imagine qu'elle doit te rendre heureux, dit Felicity, continuant à caresser Isis, son regard passant d'elle à Calder.

Il ne répondit pas. Il ne se sentait jamais *heureux*. Cependant, Isis lui permettait de se sentir plus... léger.

Felicity se rapprocha de lui, la main sur le cou de l'animal.

— Calder, pourquoi es-tu comme ça ? Que s'est-il passé ? Est-ce que c'est à cause de ce que ton père a fait ?

Elle parlait de son ingérence dans leur relation, mais c'était bien plus que cela. Une fois de plus, il l'ignora. Il prit une tranche de fromage et mordit une bouchée.

— J'aimerais que tu me parles, lui dit-elle. Je pourrais t'aider.

Il déglutit et la fixa d'un regard glacial.

— Je n'ai pas besoin d'aide. Et je n'ai pas besoin de parler, ni à toi, ni à personne d'autre.

Il aurait dû la mettre à la porte, mais il ne pouvait pas se résoudre à mettre un terme à l'après-midi le plus agréable qu'il ait vécu depuis des années.

Il était conscient qu'il ne contribuait pas à ce que le moment reste agréable. Il était une véritable bête.

Elle plissa les yeux vers lui, puis tourna son regard vers Isis.

— Je crois que ton maître veut que je le laisse tranquille. Je n'en ai pas vraiment envie, car j'aimerais retrouver le Calder que j'ai connu. Cependant, j'ai conscience que c'était il y a longtemps. Donc, peut-être devrais-je me concentrer sur le présent, dit-elle, inclinant la tête sur le côté, reportant les yeux sur lui. Je cesserai de t'importuner si tu acceptes que Bianca organise la fête de la Saint-Étienne ici.

— C'est de l'extorsion.

— Pas vraiment. Tu maîtrises parfaitement la situation. Tu peux me jeter dehors à tout moment et ne plus jamais me parler. J'essaie simplement d'user de toutes les méthodes de persuasion possibles. Je continuerai à te harceler au sujet de ton comportement épouvantable à moins que tu n'acceptes mes conditions.

— Et comment pourras-tu le faire si je te mets à la porte et que je ne te parle plus jamais ?

Elle garda le silence un moment, puis l'inspiration illumina ses yeux.

— Je ferai des affiches et je les placerai devant ta maison et à Hartwell. Leur but sera de te faire rire, ou au moins sourire.

Il faillit faire les deux à cet instant-là. Il devait au moins reconnaître l'ingéniosité de la jeune femme.

— Donc tu ne cesseras pas de m'importuner en dépit du marché que tu m'as proposé ?

— Je suppose que non. Cependant, si tu permets que la fête ait lieu ici, je ne fabriquerai aucune pancarte. Pas encore. J'ai encore d'autres exigences, mais nous pourrons en discuter une autre fois.

— Quelles sont-elles ?

Pourquoi posait-il la question ? C'était comme s'il avait l'intention d'y réfléchir.

— Réparer Hartwell House ; le bâtiment en a grand besoin, et le nouveau Shield's End ne sera pas prêt avant un certain temps. En outre, l'établissement doit servir d'école, et donc être rénové.

— Hartwell House n'est pas sous ma responsabilité, quel que soit son usage.

— Je dirais que si, vu que tu es le chef de cette communauté. Ou bien que tu devrais l'être. Et les chefs devraient utiliser leurs ressources pour aider les moins fortunés.

Isis et elle le regardèrent fixement.

Calder se sentait plutôt sur la défensive face à ces deux-là. Il n'appréciait pas que sa chienne prenne le parti de la femme qui lui avait brisé le cœur. Mais, l'avait-elle vraiment fait, vu que c'était son père qui avait tout orchestré ?

Non, mais il était bien plus facile pour lui de continuer à croire que c'était sa faute à elle. Dans le cas contraire…

— Tu as raison de dire que je suis le chef de file de cette communauté. Hartwell House devrait être un hospice, et non une pension gratuite comme c'est le cas actuellement. J'ai l'intention de changer cela.

Felicity le regarda de travers.

— Tu ne peux pas dicter à Mme Armstrong ce qu'elle fait de sa propriété.

Calder ignora son indignation.

— Tu as dit exigences au pluriel. Quelle est l'autre ?

Elle inspira profondément, puis plissa brièvement les yeux avant de répondre :

— Donne à Bianca le règlement de sa dot.

Comment osait-elle se mêler de ses affaires de famille ? Il se leva et fit signe à Isis de venir à ses côtés. Le lévrier obéit et se plaça à ses pieds.

— Maintenant, je te jette dehors.

Felicity pinça les lèvres.

— C'est cela qui t'y pousse ?

— Ma famille ne te concerne pas. Que tu cherches à mettre ton nez dans de telles affaires en dit long sur ton éducation.

Elle ricana, puis se leva. Calder s'avança et lui prit le bras pour l'aider.

Elle croisa son regard, et un sortilège s'abattit sur lui. Le pique-nique du passé était réel, la chaleur de la journée, la joie éblouissante de sa présence.

— Cela ressemble à quelque chose que ton père aurait dit.

Les mots de Felicity le ramenèrent au présent. Oui, il aurait fait, et il avait fait, des commentaires sur son manque d'éducation. Voilà pourquoi il ne l'avait pas jugée digne d'être une épouse convenable.

Essayait-elle d'insinuer qu'il était comme son père ?

C'était peut-être la chose la plus offensante qu'elle pouvait lui dire.

— Mon père aurait donné cet argent à Bianca, ainsi que son accord pour qu'elle se marie juste parce que Buckleigh est devenu comte. S'il n'avait pas hérité, mon père aurait fait la même chose que moi. Mon refus d'approuver est dû à ce que je sais de Buckleigh : c'est un combattant brutal, incapable de se contrôler. Ne me compare donc pas à un homme qui ne s'intéressait qu'à la position d'une personne et non à sa personnalité.

Sa voix s'était élevée à mesure qu'il parlait. Il s'était senti comme… passionné ; son cœur s'était emballé, et un frisson de satisfaction le parcourut.

— Je vois, murmura-t-elle. Je n'étais pas au courant de ces choses au sujet d'Ash. Je crois savoir qu'il souffre d'une affection qu'il a parfois du mal à gérer. Je sais qu'il n'est pas brutal et qu'il adore ta sœur. Il ferait n'importe quoi pour elle.

Calder ne voulait rien entendre de tout cela. Il savait que sa sœur était heureuse, et il s'en fichait.

— Il est grand temps que tu t'en ailles.

— Oui, je crois bien, répondit-elle avec un soupir. Alors, nous sommes d'accord pour la fête de la Saint-Étienne. Tu laisseras Bianca l'organiser ici. Merci, Calder.

Il voulait protester, mais les mots ne lui venaient pas.

— Je reviendrai discuter de ces autres sujets lorsque tu auras eu du temps pour y réfléchir, en particulier en ce qui concerne ta sœur, poursuivit-elle. Si tu ne te réconcilies pas avec elle et que tu n'arranges pas les choses, tu le regretteras. Ne laisse pas une erreur s'envenimer. Je regrette de n'être pas venue te voir il y a dix ans, après avoir reçu cette fausse lettre. Les choses auraient alors peut-être été différentes.

Calder ne pouvait plus respirer. Il avait l'impression qu'un tas de pierres lui était tombé dessus, le plaquant au sol. Et la terre allait l'engloutir tout entier, comme Felicity dans son cauchemar.

— Je t'en prie, va-t'en, dit-il d'une voix grave et dure.

Lorsqu'il posa les yeux sur le pique-nique, il se rendit compte que tout était à elle.

Il tourna les talons et sortit à grands pas de la pièce, Isis trottant à ses côtés.

— Nous nous reverrons bientôt, lui cria Felicity.

Calder aurait voulu ressentir de l'effroi à cette idée, mais il était impatient. Et cela l'effrayait plus que tout.

CHAPITRE 5

Alors que la berline de Felicity la ramenait à Hartwell, elle ne cessait de penser à Calder. Il avait *ri*. Et il avait ensuite tenté de le cacher en toussant. Mais elle l'avait vu, et elle était presque certaine qu'il savait qu'elle l'avait vu. Après cela, il avait soigneusement relevé ses défenses.

L'homme qu'elle avait aimé était là, quelque part. Elle en était intimement convaincue, et cela la remplissait d'espoir… et de désespoir. Il s'était enterré à tel point, tellement coupé de tout le monde, qu'elle craignait qu'il ne sache plus rien faire d'autre.

Sa manière de défendre son comportement envers Bianca avait peut-être été la plus révélatrice. Il avait créé un récit dans lequel il était l'opposé de son père, et rien d'autre n'avait d'importance. Du moins, c'était ce que Felicity soupçonnait. L'homme avait une emprise sur son fils, même dans la mort, et elle espérait la briser. Pour le bien de Calder. Même s'ils n'avaient pas d'avenir ensemble, et honnêtement elle n'en était pas sûre, il méritait d'être heureux.

En ce moment, il ne l'était définitivement pas.

Cependant, elle n'allait pas abandonner. Pas alors qu'elle voyait les fissures dans sa façade. Elle voyait aussi à quel point il tenait à sa sœur, même s'il s'était comporté comme un terrible pingre.

Alors qu'elle pensait à Bianca, Felicity voulait lui répéter ce que Calder avait dit, mais elle n'était pas sûre de devoir le faire. Elle s'était hérissée à l'idée qu'on la considère comme une personne qui se mêle de tout ; elle préférait se voir comme quelqu'un qui aidait.

Mais elle allait aussitôt écrire à Bianca pour lui dire que la fête de la Saint-Étienne se déroulerait à Hartwood. Si Felicity n'arrivait à rien d'autre, elle aurait au moins fait cela.

Alors que la berline s'approchait de son cottage, Felicity aperçut un autre véhicule garé devant. Elle s'arrêta, et le cocher l'aida à descendre avant d'emmener l'attelage à l'écurie en bas de la rue.

Felicity ne reconnut pas la berline, mais il y avait un écusson sur la portière. Elle ignorait d'où il venait, mais la présence d'un cerf lui donna un indice.

Elle entra et Agatha l'accueillit, prit sa cape, son chapeau et ses gants.

— Bonjour, madame Garland. Vous avez deux visiteuses qui ont demandé à vous attendre. Elles sont dans le salon. Votre mère se repose, et je ne voulais pas la déranger.

— Merci.

Felicity avait donné à la bonne des instructions explicites selon lesquelles sa mère devait se reposer pour se rétablir complètement. Elle se tourna vers le salon et ne fut pas surprise d'y trouver Bianca et Poppy assises sur le canapé.

— Bonjour, les salua-t-elle.

Bianca lui adressa un sourire penaud.

— J'espère que cela ne te dérange pas que nous t'ayons attendue ici. C'est juste que... je savais que tu rendais visite à

Calder aujourd'hui, et j'ai bien peur d'avoir été trop excitée pour attendre de savoir ce qui s'est passé.

— L'excitation de Bianca peut être difficile à contenir, intervint Poppy en souriant. Je dois également admettre que j'étais impatiente d'entendre le résultat de votre rencontre. Lorsqu'elle m'a dit que tu avais persuadé Calder d'y réfléchir, j'étais sidérée.

Felicity prit place dans un fauteuil près de la cheminée pour se réchauffer après le trajet depuis Hartwood.

— Alors, quelle sera ta réaction lorsque je te dirai que vous pouvez organiser la fête à Hartwood ?

Poppy et Bianca échangèrent des regards, bouche bée. Puis toutes les deux rirent de bon cœur.

— Raconte-nous comment tu as fait ! demanda Bianca, se penchant en avant.

— Avec un peu d'extorsion, je suppose. J'ai menacé de continuer à le harceler s'il ne changeait pas d'avis.

— Et cela a fonctionné ?

— Il est possible que j'aie suggéré que j'allais poser des affiches pour l'embêter. Au final, je ne lui ai tout simplement pas accordé la possibilité de refuser.

Bianca se réjouit à haute voix, et Poppy rit.

— C'est formidable ! dit Poppy avant de se calmer. Mais je déteste qu'on en soit arrivé là.

— Je prendrai toutes les mesures nécessaires, déclara Felicity. Je l'ai prévenu que je n'avais pas terminé, que nous devions encore discuter de Hartwell House et de la dot de Bianca.

Les yeux de Poppy s'écarquillèrent.

— Tu lui as parlé de Bianca ? demanda-t-elle en secouant la tête. J'imagine qu'il ne l'a pas très bien pris.

— C'est vrai, mais il ne s'est pas montré impoli non plus. Il avait en réalité une explication assez raisonnable pour faire ce qu'il a fait.

Bianca la regarda, bouche bée.

— Il était raisonnable ?

— Il a dit qu'il ne pouvait pas approuver ton mariage parce qu'il ne pensait pas qu'Ash serait un bon mari.

— À cause de ses combats et de son affliction, ricana Bianca. Il m'a dit la même chose, et je lui ai répondu que c'était absurde. Ash est le meilleur des hommes. Il est certainement meilleur mari que ne le serait Calder.

Intérieurement, Felicity grimaça. Autrefois, elle avait rêvé que Calder soit son mari. Mais elle ne pouvait pas contester les propos de Bianca.

— Je n'ai pas dit que j'étais d'accord avec lui. Je lui ai dit qu'Ash t'adorait.

— C'est vrai, acquiesça Poppy, adressant un sourire chaleureux à sa sœur. Et cela devrait suffire.

— Je pense qu'il pourrait changer d'avis, dit Felicity avec prudence. J'ai entrevu un soupçon du jeune homme que j'ai connu. Il est toujours à l'intérieur.

Les deux sœurs la regardèrent comme si elle était devenue folle.

— Vraiment ? murmura Poppy, l'air plein d'espoir.

— Comment le sais-tu ? s'enquit Bianca, l'air dubitatif.

— Il a ri.

Les regards que Bianca et Poppy échangèrent ensuite étaient plus qu'incrédules. Ce fut Poppy qui prit la parole en premier.

— Tu es sûre ?

Felicity hocha la tête.

— J'ai l'intention de poursuivre mes assauts.

— Dans quel but ? demanda Bianca. Ton objectif est-il uniquement de faire réparer Hartwell House ?

— Et que ta dot te soit restituée, ajouta Felicity.

Bianca posa sur elle un regard méfiant.

— Tu n'as pas d'autres motivations ?

— Je pense que Bianca essaie de déterminer s'il y a un avenir pour toi et notre frère, dit Poppy d'un air amusé. Nous aimerions beaucoup le voir heureux, et nous nous demandons si tu pourrais y parvenir.

Felicity joignit les mains sur ses genoux.

— Je pense que c'est Calder qui devra être à l'origine de ce changement chez lui. Mais j'aimerais l'aider de toutes les manières possibles.

— Et puis zut ! Je vais être franche, s'empressa de dire Bianca. Y a-t-il une chance que tu veuilles épouser Calder ? C'était le cas autrefois, n'est-ce pas ?

— C'est vrai, répondit Felicity qui ne voulait ni ne pouvait s'engager à autre chose. Je ne sais pas ce que l'avenir nous réserve, à lui et à moi. Je vous rappelle que je ne vis pas ici. Je vis à York.

— Oh ! s'exclama Bianca, semblant déçue. Je n'avais pas fait attention.

— Je suis uniquement venue pour aider ma mère. Cependant, je suis plutôt enthousiaste à l'idée des changements à venir pour Hartwell House et Shield's End. Il se peut que je décide de rester, au moins pour un certain temps.

— J'espère que tu le feras, dit Poppy. Surtout si tu réussis à persuader Calder de réparer Hartwell House. Tu seras personnellement investie dans le déroulement des choses.

Oui, elle le serait. En réalité, elle voulait également être investie financièrement.

— J'ai hérité d'un peu d'argent de mon mari, et j'aimerais donner ce que je peux pour soutenir la restauration de Hartwell House. Qui gère ce fonds ?

— Gabriel, mon mari, répondit Poppy. Je lui dirai que tu aimerais aider. Merci beaucoup. Tu devrais visiter la maison Hartwell.

— C'est vrai. Cela fait des années que je n'y suis pas allée.

Mon père avait l'habitude d'apporter des légumes à M. et Mme Armstrong.

— Mme Armstrong serait ravie de te revoir, dit Poppy avant de jeter un coup d'œil à sa sœur. Et elle sera heureuse d'entendre les nouvelles au sujet de la Saint-Étienne. Elle n'était pas très enthousiaste à l'idée de transporter tous les enfants à Thornhill.

Le regard de Bianca s'illumina d'un éclair de gratitude.

— Nous ne saurions trop te remercier d'avoir rendu cela possible. Je vais envoyer immédiatement un message à Thornhill pour que toutes les provisions soient envoyées à Hartwood, dit-elle en penchant la tête. Calder ne veut toujours rien avoir à faire avec l'événement ?

— Il ne l'a pas dit.

Mais Felicity lui demanderait de participer, pas seulement parce qu'il s'agissait des gens de son duché, mais parce qu'il y prendrait plaisir. S'il pouvait s'y autoriser.

— Je crois que nous devrions passer Noël là-bas, déclara Bianca. Ainsi nous pourrons tout superviser. C'est trop loin pour venir le matin du vingt-six, et que dire si le temps ne coopère pas ?

— C'était ce qui me préoccupait le plus à l'idée d'aller à Thornhill. S'il pleut trop, ou s'il neige, personne ne pourra venir, dit-elle, jetant un regard inquiet à sa sœur. Calder sera-t-il d'accord pour que nous soyons là ? Ce serait tellement agréable de passer Noël en famille !

Bianca acquiesça.

— Mais seulement s'il accepte Ash et qu'il ne se montre pas colérique.

— J'adorerai partager ma nouvelle avec lui, dit Poppy, posant une main sur son ventre, de sorte que Felicity comprit aussitôt de quoi elle voulait parler. Je ne sais pas s'il me dira qu'il est heureux pour nous, mais j'aime à penser qu'il le ferait.

— Tu attends un enfant ? lui demanda Felicity, et Poppy hocha la tête. Mes félicitations les plus sincères à toi et ton mari. Tu dois être ravie.

— Plus que je ne pourrais jamais le dire. Après presque trois ans de mariage, j'avais abandonné l'idée, dit-elle, les joues rosies, et les yeux légèrement écarquillés. Mes excuses. Je ne veux pas me montrer insensible.

— Ce n'est pas le cas, répondit Felicity avec une chaleur authentique. J'ai été mariée à James pendant sept ans, et nous n'avons jamais eu la chance d'avoir un enfant.

Felicity était tombée enceinte deux fois, mais n'était pas parvenue à mener ses grossesses à terme. Puis, dans les dernières années de leur mariage, James n'avait pas été capable de… s'exécuter. Elle avait accepté le fait qu'elle n'aurait pas d'enfant. À moins de se remarier.

— Je suis tellement heureuse pour toi et ton mari.

— Merci, dit Poppy. Ma grossesse est encore très récente, mais, étonnamment, je ne suis pas inquiète. Je sais juste que cet enfant est destiné à exister, qu'il est arrivé au bon moment.

Felicity voulait croire que les choses arrivaient pour une raison. Sinon, comment vivre avec ce que le père de Calder avait fait ? Elle devait s'accrocher au fait qu'elle avait été destinée à épouser James, que les moments heureux qu'ils avaient partagés étaient nécessaires à sa vie. Mais quelle était la raison pour Calder ? Que lui était-il arrivé au cours de la dernière décennie qui aurait pu être nécessaire à sa vie ?

C'était peut-être une bonne explication à ce qui était arrivé à Calder. Il ne trouvait pas de sens à tout cela, alors il était tout simplement… perdu.

Eh bien, Felicity l'avait retrouvé. Et elle n'allait pas le laisser partir.

〜

*A*vec Noël dans seulement cinq jours, une aura de jubilation festive imprégnait Hartwell. Calder marchait dans la rue principale alors que les ombres grandissaient et que la température baissait en cette fin d'après-midi. D'ici quelques heures, il serait proche de zéro, voire moins.

Un frisson parcourut les épaules de Calder, qui se renfonça dans son pardessus. Devant lui, la Chèvre Argentée, l'auberge de Hartwell, l'attirait avec sa cheminée chaleureuse et sa compagnie animée.

Non pas que Calder en voulait ni que quiconque le chercherait à cet endroit. Tous les gens qu'il croisait le regardaient avec admiration et peut-être une pointe de peur. À quoi d'autre pouvait-il s'attendre après s'être retiré complètement de cette communauté ? Sans parler de tout ce qu'il avait fait pour projeter l'idée qu'il ne voulait pas en faire partie. Il avait refusé d'organiser leur fête annuelle. Il ne soutenait pas Hartwell House. Il ne faisait rien pour se faire aimer de qui que ce soit.

Et cela lui avait convenu… jusqu'à Felicity.

Elle lui faisait tout remettre en question. Au cours des deux jours écoulés depuis son pique-nique surprise, il avait été d'une humeur massacrante.

La mine renfrognée, il passa devant l'auberge, s'arrêtant pour regarder par la grande fenêtre de la façade. Un groupe de personnes était réuni autour d'une table et riait. Derrière eux, près du mur, un couple se retrouva sous le gui. Ils jetèrent un coup d'œil autour d'eux pour voir si quelqu'un les observait, et comme il semblait que ce n'était pas le cas, leurs lèvres se rencontrèrent pour un doux et long baiser.

Une image de lui embrassant Felicity sous le gui lui vint à l'esprit. Une violente vague de désir l'envahit.

Il se renfrogna à nouveau et poursuivit sa route, tournant

dans une rue secondaire. Une poignée d'enfants jouaient, leurs cris et leurs rires accompagnant joliment la charmante scène hivernale.

Calder tourna brusquement dans une ruelle étroite et déboucha dans la rue suivante. Il se dirigea vers la droite et observa une femme qui aidait un homme âgé à entrer dans un cottage. La porte se referma, mais il les observa à travers la fenêtre ; il la vit qui l'installait dans un fauteuil près du feu. Elle l'enveloppa d'une couverture, et une fille plus jeune vint le serrer dans ses bras. Elle s'assit sur un tabouret et se mit à parler avec animation tandis que l'homme, peut-être son grand-père, riait.

La femme revint avec un plateau de rafraîchissements qu'elle déposa sur une table, puis entreprit de verser du thé. La fille prit un biscuit sur le plateau et se dirigea vers le coin de la pièce. La musique d'un piano emplit l'air. Calder s'appuya contre un arbre et écouta, oubliant le froid glacial de cette fin d'après-midi.

Au bout de quelques minutes, un autre homme entra dans la pièce. Il prit la femme dans ses bras et l'embrassa sur la joue avant de lui murmurer quelque chose à l'oreille. Elle rit et ils se séparèrent, s'inclinant l'un devant l'autre avant d'improviser une sorte de quadrille.

La musique continua et le vieil homme sourit en les regardant. Ils dansaient en rond. Calder resta là un moment, totalement enchanté. Il n'avait jamais rien vu d'aussi beau. Une douleur se forma dans sa poitrine et se répandit en lui. C'était ce qu'il voulait. Désespérément.

Le piano, ou plutôt la musicienne douée qui en pressait les touches, monta crescendo, et la danse prit fin. Tout le monde à l'intérieur applaudit à tout rompre et Calder se surprit à faire de même.

Le regard du vieil homme le trouva, le transperçant d'une

intensité lumineuse. Il leva sa tasse de thé pour porter un toast silencieux avant de reporter son attention sur sa famille.

Une famille.

C'était ce que voulait Calder. C'était ce qui lui manquait.

Les ténèbres l'envahirent et il s'éloigna de l'arbre, trébuchant aveuglément jusqu'à ce qu'il se rende compte de l'endroit où il se trouvait. La maison de Felicity, ou plutôt celle de sa mère, se trouvait de l'autre côté du chemin.

Avant qu'il n'ait le temps de réfléchir à ses actes, il se dirigea vers la porte d'entrée et frappa. Quelques instants plus tard, la porte s'ouvrit sur Felicity.

Ses yeux verts s'écarquillèrent sous l'effet de la surprise.

— Calder ? dit-elle, regardant derrière lui. Est-ce que tout va bien ?

Non.

— Puis-je entrer ?

— Bien sûr, répondit-elle en ouvrant la porte plus largement pour le laisser entrer. Laisse-moi prendre ton chapeau et ton manteau.

Il se débarrassa de ses vêtements et les lui tendit pour qu'elle les accroche sur une patère près de la porte. Il retira ses gants et les glissa dans les poches de son pardessus et regretta presque aussitôt son geste. Pourquoi était-il venu ici ? Il ne pouvait pas rester.

Elle avait dû lire dans ses pensées, car elle lui prit la main et l'entraîna dans le salon, une petite pièce douillette avec un feu de cheminée et une décoration verdoyante. Il chercha du gui et fut déçu de constater qu'il n'y en avait pas. Et pourquoi en aurait-il été autrement ? C'était la maison de sa mère, qui était veuve.

Tout comme Felicity.

Il n'avait jamais été aussi conscient de ce fait. Peut-être

parce que sa main était toujours dans la sienne. La sensation de sa chair nue contre lui fit s'évanouir le sentiment de nostalgie qu'il avait ressenti plus tôt. Il voulait l'attirer à lui et l'embrasser, gui ou pas.

Au lieu de cela, il lui lâcha la main et se dirigea vers l'âtre pour se réchauffer, si c'était possible. Parfois, il craignait d'être gelé au plus profond de lui-même. Le surnom de Chill lui convenait à merveille... ou était-ce parce qu'il avait fait en sorte de coller à ce nom ?

— Je suis ravie de te voir, lui dit-elle. Veux-tu du thé ? Ou peut-être du sherry ? Je crains de ne pas avoir de cognac.

— Rien, merci.

Rien que toi.

Elle acquiesça, puis joignit brièvement les mains devant elle avant de les laisser retomber sur les côtés. Était-elle nerveuse ? Tant mieux. Il l'était aussi.

— Qu'est-ce qui t'amène ici ?

Elle fit un pas vers lui, et il se tourna, de sorte qu'ils se retrouvèrent face à face devant le feu.

— Je me promenais dans le village et je me suis retrouvé ici.

— Tu n'es donc pas venu pour me parler ? Au sujet de Hartwell House ou d'autre chose ?

Il laissa échapper un faible son guttural.

— Je ne veux pas parler de cela. Ni de la Saint-Étienne.

Ses deux sœurs lui avaient envoyé des messages pour le remercier d'avoir changé d'avis, même s'il n'avait pas souvenir de l'avoir fait. Felicity l'avait plutôt bien manipulé.

Poppy et Bianca avaient également demandé si elles pouvaient fêter Noël à Hartwood avec lui. Cette simple idée l'avait poussé à froisser les deux lettres et à les jeter au feu.

La famille.

Il en avait une, et s'il pouvait seulement... quoi ? Il devait faire *quelque chose*, mais il ne savait pas quoi. Pensait-il que Felicity pouvait l'aider ? Oui, parce qu'elle avait réveillé tout ce qu'il avait enfoui. Tout ce qu'il pensait était mort.

— De quoi veux-tu parler, alors ? demanda-t-elle doucement, presque timidement.

Il fut assailli par le souvenir d'elle à dix-huit ans. Elle avait été choquée lorsque le comte de Chilton avait dansé avec elle lors de l'assemblée d'été. Cela avait été la plus belle danse de la vie de Calder.

Soudain, il regretta qu'il n'y ait pas de piano ni quelqu'un pour en jouer.

Il revint à la question de Felicity.

— Je ne sais pas. Je voulais juste entrer.

Pour la voir. La sentir.

— Depuis ton retour, je ne fais que ressentir des choses. Je n'aime pas ça.

— Pourquoi pas ?

— C'est plus facile ainsi. Mon père n'aimait pas que je ressente des choses. Il disait que les ducs devaient être au-dessus de tout cela.

— Ton père n'est plus là, et même s'il l'était, peu importe ce qu'il voulait, ou ce qu'il te demandait d'être. Tu peux être qui tu veux, affirma-t-elle.

Elle se rapprocha et posa doucement une main sur son torse, sa paume appuyant sur le revers de sa veste.

— Qui veux-tu être, Calder ?

Sa main sur lui était comme un soleil dans le paysage sombre de son âme.

— Je ne sais pas.

Si elle le touchait, cela signifiait peut-être qu'il pouvait la toucher. Il tendit la main vers son visage, le prit délicatement entre ses mains, puis passa son pouce sur sa joue et le long de sa mâchoire.

Elle plissa les yeux de façon séduisante, et le corps de

Calder s'éveilla à la sensualité. Son membre durcit, et il ressentit l'envie soudaine de la prendre dans ses bras.

Il fronça les sourcils et jeta un coup d'œil vers le plafond.

— Pourquoi n'as-tu pas de gui ?

Elle rit doucement, et, pour Calder, c'était comme la musique qui lui manquait.

— Parce que je suis idiote. Je n'aurais jamais imaginé en avoir besoin.

Elle fit glisser sa main sur sa veste jusqu'à l'enrouler autour de son cou. Le bout de ses doigts se glissa dans les cheveux sur sa nuque.

— J'avais tort.

— Je crois bien, murmura-t-il avant de poser sa bouche sur celle de Felicity.

C'était de la folie. C'était mal. Il n'avait pas le droit de l'embrasser, et pourtant, même si l'océan l'avait submergé et balayé loin du rivage, il n'aurait pas pu s'arrêter.

C'était comme si c'était hier, et qu'en même temps une éternité s'était écoulée. Il l'entoura de ses bras et la serra fermement contre son torse. Elle s'agrippa à son cou et plaqua sa bouche contre celle de Calder. Puis elle entrouvrit les lèvres, rencontrant sa langue, le ravissant aussi sûrement qu'il voulait la ravir.

Gémissant doucement, il lui dévora la bouche, lui signifiant de la seule manière qu'il connaissait qu'il la désirait. Qu'il avait besoin d'elle. Qu'elle était la chose même dont son cœur sombre avait besoin pour guérir, s'il le pouvait un jour.

Leur étreinte était un véritable coup de tonnerre et de félicité, une union qui se préparait depuis dix ans, un rêve dont il n'aurait jamais cru qu'il deviendrait réalité. Elle ne l'avait pas abandonné. Elle lui avait été enlevée, tout comme il lui avait été enlevé. C'était l'avenir qu'ils s'étaient promis. Ou du moins, cela pouvait l'être.

À moins qu'il ne gâche tout.

Il se retira, détacha sa bouche de celle de Felicity et la reposa sur le sol : il l'avait soulevée contre lui. Ils respiraient bruyamment en se dévisageant, toujours très proches.

— Tu es à l'intérieur, murmura-t-elle. L'homme que j'aimais.

Aimais. Au passé. Il l'aimait dans le présent et l'aimerait toujours. Mais que signifiait l'amour lorsqu'il provenait de quelqu'un qui provoquait le malheur ?

Il recula encore d'un pas.

— Je vais réfléchir au sujet de Hartwell House.

— Tu devrais aller y faire un tour, dit-elle doucement.

Son pouls battait fort dans sa gorge, juste sous la courbe de sa mâchoire, et sa respiration rapide soulevait sa poitrine à intervalles rapides. C'était une femme séduite. Il essaya de ne pas la fixer du regard.

— Je vais y penser.

Il pivota, les pieds lourds comme du plomb. Il fallait qu'il s'en aille, mais il ne parvenait pas à s'y résoudre.

— Je t'en prie, reviens quand tu veux.

Elle le toucha à nouveau, posant sa main sur son biceps. Ce contact la galvanisa.

Il se dirigea vers la porte.

— Merci.

Il ne se retourna pas pour la regarder avant de pénétrer dans le hall d'entrée, où il plaqua son chapeau sur sa tête et prit son manteau dans ses bras. Il attendit d'être dehors, dans le crépuscule, pour enfiler le vêtement. Le froid glacial de la nuit naissante s'abattit sur lui, chassant la chaleur qui avait jailli entre Felicity et lui.

Non, il ne la chassa pas. Il l'atténua seulement. Il se demandait maintenant s'il brûlerait toujours pour elle, s'il l'avait toujours fait sans le savoir.

Il boutonna son manteau et enfila ses gants en arrivant dans la rue. Tournant la tête, il la vit dans l'embrasure de la porte, en train de l'observer. Elle allait prendre froid, et pas seulement à cause de la température presque glaciale.

Il était Chill, ou l'avait été toute sa vie jusqu'à ce qu'il devienne duc. Ce nom paraissait désormais prophétique, compte tenu de ce qu'il était devenu. Elle était la chaleur, la lumière et la joie, tout ce qu'il n'était pas. Voilà pourquoi il devait rester loin, très loin d'elle.

CHAPITRE 6

Construit au début du XVIIᵉ siècle, Hartwell House était un magnifique manoir en pierre de couleur crème avec cinq pignons majestueux. En regardant la structure, on ne pouvait pas discerner son état de délabrement. L'endroit respirait le charme et la chaleur, ce qui était logique, vu que c'était le foyer pour tant de gens qui en avaient besoin.

Felicity sortit de sa berline et se précipita vers la porte d'entrée. Le temps était encore glacial ce jour-là. En fait, quelques stalactites s'étaient accrochées au toit du cottage le matin même. Voilà pourquoi elle avait supplié sa mère de rester à la maison, où il faisait chaud et où elle ne risquait pas d'attraper froid. Elle avait été heureuse de lui obéir, même si elle voulait visiter Hartwell House.

La porte s'ouvrit avant que Felicity ait pu frapper. Mᵐᵉ Armstrong se tenait juste à l'intérieur du seuil, arborant un grand sourire. Cette femme d'une quarantaine d'années, aux cheveux majoritairement bruns, en dehors de ses tempes grisonnantes, était la directrice de l'institution pour femmes démunies.

— Mon Dieu ! Felicity Templeton ! Entrez, entrez.

Elle la fit entrer dans le hall et la débarrassa rapidement de son manteau, de son chapeau et de son manchon.

Felicity retira ses gants en souriant.

— Je suis Mme Garland maintenant.

— Bien sûr, mais pour moi, vous serez toujours Felicity Templeton, c'est celle que vous étiez la dernière fois que je vous ai vue ! dit-elle avec un clin d'œil à Felicity, avant de lui prendre ses gants. Je vais m'assurer de les réchauffer pour qu'ils soient bien chauds quand vous partirez. Et je vais aller chercher du thé. Je suis sûr que cela ne sera pas de trop.

— C'est vrai, merci, dit Felicity.

Mme Armstrong fit un geste en direction d'un salon situé juste à côté du hall d'entrée.

— Il y a un bon feu là-dedans.

Felicity quitta le hall d'entrée aux boiseries sombres et se rendit dans le salon. Elle s'avança vers le feu pour se réchauffer. Malgré la bassine chauffante dans sa berline, et le trajet relativement court jusqu'à Hartwell House, elle était plutôt frigorifiée.

Un mouvement vers la droite attira son attention. Elle vit une petite botte disparaître sous un long canapé. En souriant, Felicity tendit ses mains vers le feu.

— Tu joues à cache-cache ? demanda-t-elle.

— Non, mais on dirait que c'est amusant. Pouvons-nous y jouer ?

Felicity rit, puis se tourna, dos au feu. Un jeune garçon d'environ sept ans sortit de sous le canapé. Il jeta un coup d'œil vers la porte d'entrée.

— Je ne suis pas censé être ici.

— Oh ! Eh bien, tu devrais peut-être t'en aller.

Il hocha la tête.

— Je voulais juste voir la sculpture sur la cheminée. J'essaie de la dessiner.

Il brandit un morceau de parchemin rempli d'illustra-tions. Felicity lui adressa un regard interrogateur.

— Puis-je ?

Il lui tendit le papier, et elle le prit doucement entre ses mains pour mieux voir les dessins.

— C'est toi qui les as dessinés ?

Il hocha la tête.

— Tu es exceptionnellement doué. J'adore cet oiseau.

Son regard s'arrêta sur un petit faucon perché sur un poteau de clôture. Il avait capturé le regard intelligent de l'animal, ainsi que les lignes délicates de chaque plume.

Elle tourna les yeux vers la cheminée, et vit qu'elle était richement sculptée de feuilles et de fleurs. Elle scruta le papier et trouva finalement son dessin d'une partie de la flore, mais il était très petit.

— Je pense qu'il te faut un autre morceau de papier.

— Les parchemins sont difficiles à trouver, répondit-il. Je les utilise jusqu'au dernier centimètre. C'est ce que Mme Armstrong dit de faire.

Il regarda à nouveau vers la porte.

— Si elle me surprend ici en dehors de notre rendez-vous, je ne serai pas autorisé à venir pendant une semaine.

Cela semblait un peu dur, mais Felicity ignorait comment gérer une institution comme celle-ci avec toutes les femmes et leurs enfants. Elle imaginait sans mal que c'était un défi de maintenir un semblant d'ordre.

— Alors, je suppose que tu ferais mieux d'y aller, dit-elle en lui rendant le papier. Tu aurais donc besoin d'un peu plus de parchemin ?

Il sourit, révélant un espace entre ses dents de devant, qui semblaient être en train de repousser.

— Toujours !

Puis il disparut de la pièce en un clin d'œil.

Mme Armstrong revint quelques instants plus tard avec un plateau de thé qu'elle posa sur une table près de l'âtre.

— Voulez-vous du lait ou du sucre ?

— Un peu des deux, merci, répondit Felicity en s'asseyant au bord du canapé sous lequel le garçon s'était caché. J'ai été navrée d'apprendre pour M. Armstrong.

Mme Armstrong tendit sa tasse à Felicity.

— Merci, ma chère. Mais vous êtes aussi veuve maintenant, et si jeune ! Avez-vous des enfants ?

Elle se prépara une tasse de thé et s'assit sur le canapé en face de Felicity.

— Non, nous n'avons pas eu d'enfant.

Felicity but son thé, se réjouissant de la chaleur de l'infusion.

— Nous non plus, et c'est ainsi que Hartwell House a vu le jour. Nous avons accueilli une jeune femme et son bébé. Puis une autre.

Mme Armstrong but une gorgée de son thé.

Felicity ignorait que les Armstrong n'avaient pas d'enfants, mais elle était plutôt jeune lorsqu'elle avait quitté Hartwell.

— C'est une institution merveilleuse, une alternative nécessaire à l'hospice, où les mères sont séparées de leurs enfants.

— Oui, mais je crains que notre secret se soit éventé. Cet automne et cet hiver, nous avons accueilli plus de femmes que jamais. J'ai tenté de refuser des gens par manque de place, mais ils m'ont supplié de dormir par terre si nous n'avions rien d'autre. Je n'ai pas le cœur de les jeter dehors dans le froid. Lord Darlington a logé temporairement quelques personnes dans des cottages de son domaine, ce qui nous a été d'une aide précieuse.

Felicity était plus déterminée que jamais à aider.

— Je crois savoir que Hartwell House a besoin de réparations. J'espérais que vous pourriez me faire visiter les lieux. J'aimerais donner de l'argent à votre cause, et voir s'il serait possible d'en obtenir davantage.

En plus de convaincre Calder de faire sa part, elle pensait aux personnes à qui elle pourrait demander de contribuer à York.

— Vous êtes très gentille, dit Mme Armstrong. Je serais ravie de vous faire visiter les lieux, et vraiment, si vous avez envie de venir passer du temps avec les enfants, pour leur lire des histoires, ou même leur enseigner certaines compétences, nous vous en serions tous reconnaissants.

Felicity songea au garçon qu'elle avait rencontré, et se demanda s'il pouvait lui apprendre à dessiner.

— Je serais honorée de passer du temps ici.

Mme Armstrong sourit avant de boire une nouvelle gorgée de thé. Elle se leva et posa la tasse sur le plateau.

— Je vous fais visiter ?

— Oui.

Felicity termina son thé et posa sa tasse à côté de celle de Mme Armstrong.

Au cours de la demi-heure qui suivit, elle lui fit visiter l'ensemble de Hartwell House, des chambres du haut, où résidaient quelques servantes, toutes des femmes venues ici à la recherche d'un abri et de soins, au dortoir qui hébergeait d'autres femmes, en passant par les chambres individuelles partagées par des mères avec leurs enfants. Il y avait également une salle de classe, une salle d'exercice où les petits enfants pouvaient courir et jouer lorsque le temps était mauvais, et une grande salle à manger. Certaines chambres avaient des fuites et besoin de plus de meubles, notamment de lits. Il y avait beaucoup à faire, et elle était en colère contre Calder qui n'avait pas poursuivi le soutien de son père.

À la fin de la visite, elles s'approchèrent de la petite pièce près de la cuisine qui faisait office de bureau pour Mme Armstrong.

— Y a-t-il quelque chose que je puisse faire pour vous dans l'immédiat ? Ou pour les enfants, surtout à l'approche de Noël ?

Felicity avait déjà prévu de récupérer tous les parchemins qu'elle pourrait trouver à Hartwell.

— Nous avons organisé une belle fête de la Saint-Nicolas. Les résidents ont reçu des cadeaux de Lord et Lady Darlington ainsi que de Lord et Lady Buckleigh.

Felicity aurait aimé être au courant, car elle serait venue elle aussi. Elle ne fut pas surprise que Mme Armstrong ne mentionne pas le nom de Calder.

— J'ai l'impression que c'était un événement merveilleux.

Mme Armstrong acquiesça.

— Tout le monde attend avec impatience la Saint-Étienne. Je suis tellement soulagée que ce soit à Hartwood. Je ne me réjouissais pas à l'idée de devoir transporter les enfants à Thornhill. En fait, j'avais commencé à envisager de faire de mon mieux pour organiser quelque chose ici.

Felicity était doublement satisfaite d'avoir fait en sorte que la fête ait lieu à Hartwood.

— Je suis heureuse que vous n'ayez pas à le faire.

Une silhouette émergea de la cuisine et s'arrêta net en les voyant. Poppy sourit.

— Felicity, quel plaisir de te voir ici !

— Mme Armstrong me montrait toutes les choses merveilleuses qu'elle a faites.

— Oh, arrêtez, dit cette dernière en rougissant. Je vais aller dans mon bureau avant que l'une ou l'autre d'entre vous ne me fasse rougir.

Elle leur adressa à toutes les deux un sourire reconnaissant, puis s'éclipsa dans son bureau.

— Tu restes longtemps ? demanda Poppy.

— Non, j'étais sur le point de partir, en fait.

— Je vais sortir avec toi.

Poppy passa la tête dans le bureau de Mme Armstrong pour la prévenir qu'elle s'en allait. Felicity fit de même et elles se saluèrent avant que les deux jeunes femmes ne se rendent dans le hall d'entrée.

— Felicity, je dois te remercier encore une fois pour l'influence que tu as sur Calder.

Felicity ne savait pas à quoi Poppy faisait référence. La veille, il avait refusé de parler de quoi que ce soit, il était apparu bouleversé. Ensuite, il l'avait embrassée et tout avait basculé. Il avait dit qu'il songerait à aider ici à Hartwell House…

— A-t-il rétabli le soutien du duché à Hartwell House ? lui demanda Felicity.

— Pas que je sache. L'as-tu persuadé de le faire aussi ?

— Je ne crois pas. De quoi parles-tu, alors ?

— Il nous a invitées à passer Noël à Hartwood, répondit Poppy, penchant la tête d'un côté puis de l'autre. Peut-être que le mot « invitées » est un peu excessif. Il nous a écrit pour nous dire que si nous voulions venir à Hartwood la veille de Noël afin d'aider à la préparation de la fête de la Saint-Étienne, il apprécierait. Parce qu'il ne voulait pas avoir à s'en occuper.

Elle leva les yeux au ciel.

— Il reste le même Calder glacial, mais c'est au moins un pas dans la bonne direction.

Si Felicity lui en voulait d'avoir tourné le dos à Hartwell House, elle comprenait aussi qu'il s'agissait d'un homme accablé par la douleur et la solitude provoquées par d'horribles exigences. Elle avait commencé à soupçonner que les actes de son père à son égard allaient au-delà de la cruauté verbale, mais elle était terrifiée à l'idée d'apprendre la vérité.

— Je suis si heureuse que Bianca et toi n'ayez pas renoncé à lui !

— Cela n'arrivera jamais, dit Poppy d'une voix douce, mais déterminée. Et je te suis reconnaissante de ne pas l'avoir fait non plus. Je sais que ta présence a fait son effet.

— Je ne lui ai pas demandé de vous recevoir pour Noël.

Felicity voulait que Poppy attribue le mérite de cette invitation à Calder, pas à elle.

— Je continue à penser que tu as joué un rôle, que tu l'aies fait exprès ou non, dit-elle, prenant la main de Felicity qu'elle serra. Honnêtement, je suis prête à accepter tout signe positif de sa part, quel qu'il soit.

Elle sourit avant d'attraper sa cape.

Felicity était aussi surprise que Poppy par l'invitation de Noël de Calder. Il était si vulnérable, si fragile… Ce qu'il lui avait dit la veille, à savoir qu'il ne voulait pas ressentir, lui avait fendu le cœur. Il avait besoin qu'on s'occupe de lui et qu'on le comprenne, et elle savait que ses sœurs le feraient s'il leur en laissait l'occasion. Apparemment, il était prêt, ou presque, à le faire.

— Tu devrais venir aussi, dit Poppy en mettant son chapeau.

Felicity enfila sa cape.

— Je ne peux pas. Je n'ai pas été invitée.

Elle était convaincue qu'il fallait qu'il l'invite. La présence de ses sœurs serait sans doute déjà un défi. S'il devait tenter de ressentir à nouveau des émotions, mieux valait sans doute ne pas essayer d'en gérer trop à la fois.

Poppy acquiesça.

— Je comprends. Bianca et moi espérons bêtement que vous et lui retrouverez le chemin de l'autre.

Felicity aussi. Elle adressa à Poppy un regard sérieux.

— Accordez-lui du temps, et n'abandonnez pas. Il a besoin de vous, mais il ne le dira jamais.

Poppy hocha la tête et Felicity crut voir des larmes dans ses yeux gris-bleu.

— J'ai failli oublier ! s'exclama Mme Armstrong, dont la voix retentit dans le hall, interrompant ce moment de tension. Vos gants sont bien chauds.

Elle tendit leur paire de gants aux deux jeunes femmes.

Lorsque Felicity enfila les siens, elle soupira de plaisir.

— Oh, comme c'est agréable ! Merci.

Poppy se pencha vers elle et murmura :

— C'est ce que je préfère quand je viens ici en hiver.

Toutes les trois rirent, et elles partirent chacune de leur côté. Alors que son cocher ouvrait la portière de sa berline, Felicity lui demanda de faire un petit détour sur le chemin du retour.

Peu de temps après, ils franchirent une petite colline et la maison de son enfance apparut. Elle était restée ici ces dernières semaines sans aller la voir. Pourquoi ? Parce qu'elle lui rappelait son père et son innocence perdue. Parce qu'elle lui faisait penser à Calder et à la manière dont il lui avait brisé le cœur.

Mais ce n'était pas le cas. Ils avaient été victimes des machinations du père de Calder. Et de celles de son père à elle. Elle lui avait pardonné, mais ses agissements étaient encore douloureux. Elle aurait aimé qu'il soit encore en vie pour pouvoir lui en parler. Peut-être cela aurait-il rendu ce qu'il avait fait plus facile à comprendre.

Ou pas. Elle n'était pas sûre qu'il y avait un moyen de défendre son comportement.

La ferme bâtie sur deux niveaux n'avait pas changé, avec ses joyeuses fenêtres à meneaux et sa charmante clôture, avec le portail que son père avait construit et qui portait la lettre T, menant à l'allée conduisant à la porte d'entrée.

Elle eut le souffle coupé lorsque la porte s'ouvrit et qu'un chien familier en jaillit en bondissant.

Isis sortit dans la cour et se mit à courir partout pendant une minute avant d'aller se soulager. Calder posa le pied sur le perron et regarda autour de lui, son regard s'arrêtant sur Isis qui terminait ce qu'elle avait à faire.

Felicity donna des coups sur le toit de la berline, et le cocher comprit qu'il devait s'arrêter près de la maison ; elle l'avait prévenu qu'elle pourrait en avoir envie. Elle ignorait si quelqu'un vivait là. Et à présent, il semblait que… Calder habitait la maison ?

Non seulement parce qu'il venait d'en sortir avec son chien, mais aussi parce que de la fumée s'échappait de la cheminée, indiquant qu'il ne s'agissait pas d'une visite rapide pour vérifier l'état de la propriété. Ou alors, c'était le cas, et il préférait simplement prendre son temps. Le cœur de Felicity se tordit ; il était si incroyablement compliqué !

Elle regarda par la vitre alors que la berline s'arrêtait devant la maison. Calder descendit du perron et suivit le chemin jusqu'au portail.

Le cocher aida la jeune femme à descendre, et elle lui dit qu'elle n'en aurait que pour quelques minutes. Calder ouvrit le portail à son approche, et ils marchèrent un instant en silence dans l'allée. Isis poursuivit un oiseau qui avait eu le culot de se poser sur un poteau de la clôture.

— Que fais-tu ici ? lui demanda Felicity.

Il posa un regard interrogateur sur elle, un soupçon d'amusement – d'amusement ! – flottant sur sa bouche.

— Je pourrais te poser la même question.

— Je ne suis pas passée depuis mon retour à Hartwell. J'étais curieuse. Je n'aurais jamais imaginé te trouver ici.

— Cette maison est la propriété du domaine. Je l'ignorais jusqu'à ce que j'hérite et que je parcoure les livres de comptes de mon père. Il y a beaucoup de choses qu'il ne m'a pas dites.

S'il s'agissait d'un commentaire implicite sur l'horrible

secret que l'ancien duc leur avait caché à tous, elle fut impressionnée par le peu de véhémence du ton de Calder.

Il ouvrit la porte de la maison.

— Veux-tu entrer ?

— Oui, s'il te plaît.

Il lui fit signe de le précéder. Elle pénétra dans le hall d'entrée, flanqué de deux pièces, l'une dont sa mère s'était servie comme salle de réception formelle et l'autre comme bibliothèque et salon familial. Elle entra dans la seconde et vit que le mobilier était le même.

— C'est exactement comme dans mes souvenirs, dit-elle doucement en se déplaçant dans la pièce, passant ses doigts gantés sur une table, le dossier d'un canapé et la cheminée.

Un feu réchauffait la pièce tandis qu'elle tournait pour examiner cet espace familier.

— Pourquoi cet endroit n'a-t-il pas changé ?

Il se tenait dans l'embrasure de la porte, Isis à ses côtés, l'air très mal à l'aise.

— Je suppose que les personnes qui ont vécu ici après votre départ ont tout gardé.

— Où sont-ils maintenant ?

Il haussa les épaules.

— La maison était vide quand j'ai hérité, répondit-il, entrant dans la pièce en évitant de croiser son regard. J'aime passer du temps ici quand je veux être seul.

Sauf que, d'après ce qu'elle avait pu constater, il était *toujours* seul. Ce qui signifiait qu'il venait ici pour une autre raison, du moins en partie. Elle n'allait pas insister.

— Je reviens de Hartwell House. J'ai une liste de réparations, ou plutôt, je peux t'en dresser une. La maison a besoin d'un entretien général et de meubles supplémentaires.

Elle regarda autour d'elle.

— On pourrait commencer par ceux qu'il y a ici.

Il croisa son regard avec une expression d'étonnement.

— Tu donnerais les affaires de ta famille ?

— Ils ne servent à personne ici, dit-elle. À Hartwell House, ils seront utilisés à bon escient.

Calder se tenait près de la fenêtre, par laquelle Felicity pouvait voir sa berline. Elle ne pouvait pas laisser le cocher attendre longtemps, pas dans ce froid.

— Calder, d'une certaine manière, je comprends pourquoi tu as cessé de donner de l'argent à Hartwell House, mais tu dois comprendre qu'ils en ont besoin. Tu as sûrement les moyens de faire réparer le bâtiment, à tout le moins. C'est plus que nécessaire.

— Tu comprends « d'une certaine manière » ? Comment est-ce possible ?

Son ton était sombre et moqueur.

— Je peux comprendre que tu ne veuilles pas faire les mêmes choses que ton père. Puisqu'il soutenait Hartwell House, tu ne le feras pas.

— À moins que je ne sois un monstre au cœur froid qui ne veut pas aider les autres.

Elle ricana.

— Je n'y crois pas plus que toi, répondit-elle.

Elle mentait un peu : elle n'était pas sûre qu'il pense cela de lui-même ou non.

— Je vois un homme qui aime son chien et ses sœurs.

Elle s'avança vers lui, lentement, comme si elle pouvait l'effrayer si elle allait trop vite.

Il ne bougea pas lorsqu'elle s'approcha.

— Arrêteras-tu un jour de me harceler ?

— Non. Du moins pas avant que tu ne sois à nouveau toi-même. Je resterai ici le temps qu'il faudra.

Elle s'arrêta juste devant lui, de sorte qu'ils se touchaient presque.

— Felicity, je ne suis pas le rêve dont tu te souviens. Je suis cruel et affreux, exactement comme on m'a appris à l'être. En fait, je vais réparer Hartwell House afin de pouvoir la transformer en hospice.

Elle savait qu'il ne le pensait pas. Il essayait de la repousser parce qu'elle avait dit qu'elle resterait aussi longtemps qu'il le faudrait.

— Mme Armstrong ne le permettra jamais.

— Elle le fera si je lui offre une grosse somme d'argent. Les gens sont prêts à faire n'importe quoi pour de l'argent.

La vérité la frappa de plein fouet, surtout ici, dans cette pièce, dans sa maison, un endroit que son père avait abandonné pour une simple question d'argent.

— Je t'en prie, ne fais pas ça, plaida-t-elle. Tu n'as pas besoin de faire ça pour me faire fuir. Je partirai si tu me le demandes.

Sa mâchoire se contracta et il ouvrit la bouche, mais rien n'en sortit avant qu'il ne la referme.

— Veux-tu que je parte ? demanda-t-elle.

Il avait l'air profondément troublé, ses yeux flamboyaient comme si une guerre se déroulait juste derrière eux.

Felicity prit conscience qu'elle l'avait poussé assez loin pour la journée. Il faisait des progrès, avec sa sœur et avec Hartwell House. Peut-être pourrait-elle faire une dernière tentative.

Elle remonta les mains sur les épaules de Calder.

— S'il te plaît, visite Hartwell House et vois par toi-même. Je suis d'accord, tu vas la réparer, et tu oublieras totalement l'idée d'un hospice.

Elle se mit sur la pointe des pieds et pressa ses lèvres contre les siennes. Elle l'embrassa une fois, deux fois, une troisième fois, sa bouche s'attardant contre celle de Calder.

— Et je ne quitterai pas Hartwell ni toi.

Elle avait du mal à le laisser partir. Elle voulait le prendre dans ses bras et lui montrer à quel point elle tenait à lui, ce que ce serait s'il se laissait aller à de vrais sentiments.

Mais elle n'en fit rien. Elle recula, lui jeta un dernier regard qui exprimait toute la chaleur et l'espoir qu'elle lui portait, puis quitta la maison.

Elle reviendrait un autre jour et examinerait tout. Aujourd'hui, il n'était pas question de cela ni d'elle. Il s'agissait de Calder, et de le ramener. Il était tout proche, et elle n'abandonnerait pas tant qu'il n'aurait pas trouvé la paix.

CHAPITRE 7

Calder avait mal à la tête. Il avait davantage pensé, réfléchi et *ressenti* au cours de la semaine écoulée qu'il ne l'avait fait au cours des dix dernières années. Et à quoi cela avait-il servi ?

Il permettait que la fête de la Saint-Étienne ait lieu à Hartwell, ce qui aurait fait plaisir à son père, ce qui rendait Calder franchement hargneux.

Ensuite, il avait invité ses sœurs et leur mari à passer Noël à Hartwood : encore une chose qui aurait fait plaisir à leur père, qui les avait adorées, en particulier Bianca, le portrait de leur mère comme il l'avait dit mille fois. Et le pire, c'était qu'elles l'adoraient. Il y avait un fossé entre lui et ses sœurs, invisible pour elles et insurmontable pour lui. Il aurait aisément pu leur dire pourquoi il méprisait l'homme qu'elles aimaient, mais pourquoi ruiner le souvenir qu'elles avaient de lui ?

Il pouvait entendre Felicity... *Tu vois, tu es l'homme que je savais que tu étais.*

Peut-être. Quelque part au fond de lui. Dans un endroit qu'il voulait garder privé et invisible.

Et voilà qu'il se trouvait à Hartwell House pour connaître leurs besoins. Tout cela à cause de Felicity.

L'après-midi était un peu plus chaud que la veille, mais encore assez froid pour qu'il soit venu en berline. Il sortit du véhicule et Isis bondit à ses côtés.

Calder fronça les sourcils en regardant le manoir. Il semblait en bon état. Il savait que c'était une réflexion idiote, car il ne pouvait sans doute pas en voir les défauts. De plus, Felicity avait dit qu'ils avaient besoin de meubles. Il ne pourrait se prononcer sur l'existence d'un éventuel manque qu'en allant à l'intérieur.

Il n'en avait pas particulièrement envie.

Repoussant l'inévitable, il fit le tour de la maison, évaluant l'extérieur du mieux qu'il pouvait. Il remarqua une fenêtre brisée et une possible fuite, à en juger par les traces d'eau sur la pierre.

Calder remarqua qu'Isis n'était plus avec lui. Il regarda autour de lui, puis vit le lévrier passer en trombe. La chienne ramassa un bâton et retourna en courant vers l'arrière de la maison.

Lorsqu'il la suivit, il comprit pourquoi l'animal était distrait. Une fille aux cheveux blonds et brillants tapotait la tête de la chienne, puis elle jeta à nouveau le bâton. Elle avait un sacré lancer !

— Est-ce votre chien ? demanda-t-elle alors qu'il s'approchait d'elle.

— Oui.

La fille fit la moue, momentanément déçue.

— J'espérais qu'il n'appartenait à personne, dit-elle avec un soupir. Il est très beau.

— Oui, je trouve aussi. Elle s'appelle Isis, lui dit-il.

Il jeta un regard à la maison lorsque Isis revint et que la fille reprit le bâton.

— Tu habites ici ? lui demanda Calder.

Elle hocha la tête.

— Je m'appelle Alice, se présenta-t-elle.

Elle jeta à nouveau le bâton, et Isis courut. Elle donnait l'impression d'être redevenue un chiot.

— J'aimerais avoir un chien. Mais Mme Armstrong dit qu'il n'y a pas de place pour les animaux de compagnie. Sauf pour son chat, dont tout le monde dit qu'il est plus vieux qu'un chat ne devrait l'être.

— Quel âge a-t-il ? s'enquit Calder.

La petite plissa le front.

— Oh, très vieux. Je dirais, peut-être quinze ans.

Calder s'esclaffa.

— Est-ce que c'est vieux seulement pour les chats, ou pour les gens aussi ?

Isis revint avec le bâton, et Alice le prit. Puis elle leva les yeux vers Calder.

— Seulement pour les chats, enfin ! Vieux pour les gens, c'est comme vous. Vous devez avoir au moins trente ans.

Le gloussement de Calder se mua en un véritable fou rire.

— Effectivement, j'ai trente ans. Quel âge as-tu ?

— Six ans, répondit-elle en lançant le bâton, avant de préciser. Et demi.

Il savait à quel point ce demi pouvait être important à son âge.

— Tu aimerais avoir un chien, mais Mme Armstrong ne te le permet pas. Et ta mère, qu'en dirait-elle ?

— Elle n'y verrait pas d'inconvénient. Elle pense que mon petit frère pourrait aimer ça aussi.

— Tu as un petit frère ?

Elle hocha la tête tandis qu'Isis courait vers elle.

— Joseph. Il a trois ans.

— Qu'est-il arrivé à ton papa ?

— Il est mort.

Elle le dit sans émotion, mais parvint à ne pas paraître

aussi froide que Calder. Pour elle, il s'agissait simplement d'un constat, de la réalité de sa vie.

— Je suis désolé de l'apprendre.

Et il regrettait que leur petite famille ait dû compter sur la charité de Mme Armstrong. Pourtant, il s'agissait d'une alternative bien meilleure qu'un hospice.

Bon sang, il était un véritable monstre ! Il ne pouvait pas transformer cet endroit en hospice.

— Aimes-tu vivre ici ? lui demanda-t-il gentiment alors qu'elle continuait à lancer le bâton pour Isis.

— La plupart du temps. Parfois, maman pleure parce que nous ne pouvons pas vivre dans notre propre maison. Tout ce qui m'importe, c'est que nous soyons ensemble. Mais j'aimerais que notre chambre n'ait pas de fuites, dit-elle avec une grimace. Je déteste ce bruit de gouttes qui tombent quand il pleut. Je serai trop heureuse lorsque la nouvelle institution sera construite. Il n'y aura pas de fuite.

La petite lui adressa un sourire si éclatant qu'il faillit le faire sourire.

Lorsque Isis revint ensuite, elle se laissa tomber aux pieds d'Alice et lâcha le bâton sur le sol.

— Je pense que c'est sa façon de dire qu'elle est fatiguée, déclara Calder.

— De toute façon, je devrais retourner à l'intérieur. Maman m'a dit que je ne pouvais pas rester longtemps dehors, parce qu'il fait très froid.

Elle s'éloigna de quelques mètres et s'accroupit.

Calder la suivit et la regarda ramasser quelques soldats de plomb et un chariot. L'une des roues tomba au sol lorsqu'elle se leva.

— Merde !

Calder cilla, puis écarquilla les yeux.

— Je te demande pardon ?

Elle agrippa ses jouets et le regarda, les traits figés.

— John le dit tout le temps. C'est un vilain mot, n'est-ce pas ?

— Il n'est pas tout à fait adapté à une fillette de six ans *et demi*.

— Je vous en prie, ne le dites pas à maman. Ou à Mme Armstrong. Sinon, je n'aurai pas de pudding pour le dessert.

Calder posa une main sur son cœur.

— Je te jure que ton secret est en sécurité avec moi. *Merde.*

Il lui adressa un clin d'œil et elle rit. Oh, ce son ! Il la regarda et vit l'avenir qui aurait dû être le sien, une petite fille aux yeux brillants et aux cheveux blonds, qui aimait les chiens et avait un penchant pour les jurons.

Il se pencha et ramassa la roue, puis tendit la main pour qu'elle lui donne le chariot.

— Puis-je essayer de le réparer pour toi ?

Elle acquiesça et lui tendit le chariot.

Calder étudia le jouet et il se rendit compte qu'il manquait une pièce. Il scruta le sol et finit par la trouver. Il glissa la roue sur son axe, puis se pencha pour récupérer la pièce manquante qu'il fixa à l'extrémité pour maintenir la roue en place.

— Et voilà, dit-il en lui rendant le jouet.

— Merci, monsieur.

Il remarqua que les petits soldats semblaient plus adaptés à un garçon.

— Aimerais-tu avoir une poupée ?

Elle haussa les épaules.

— Sans doute. Mais je préférerais avoir plus de soldats. Et peut-être un pistolet. J'ai demandé un chien pour la Saint-Nicolas, mais j'ai eu ceux-là à la place.

Calder ne put s'empêcher de rire à nouveau.

— Tu voudrais une arme ?

— Oui, pour pouvoir tirer sur Freddie.

Cessant aussitôt de rire, Calder adopta son ton le plus sérieux, car ce n'était pas rien qu'elle veuille tirer sur quelqu'un.

— Qui est Freddie ?

— Il me tire les cheveux et me vole mes biscuits. Je ne l'aime pas.

— Je crois que je ne l'aime pas non plus. Cependant, lui tirer dessus serait plutôt excessif.

— Je ne le tuerai pas, dit-elle d'un air maussade.

— Eh bien, c'est bon à savoir. Et si tu te vengeais d'une autre manière, plus appropriée ?

L'esprit de Calder tourna jusqu'à ce qu'il trouve une solution.

— Tu dis qu'il vole tes biscuits ? lui demanda-t-il, et, la voyant hocher la tête, il poursuivit. La prochaine fois, mets dans tes biscuits quelque chose qui le fera crier.

Elle le regarda fixement, émerveillée.

— Qu'est-ce qui ferait crier un garçon ?

— Les asticots.

Calder le savait par expérience. Lorsqu'il avait l'âge d'Alice, il avait caché de la nourriture dans sa chambre ; il ne se souvenait pas de ce que c'était et ne pouvait pas l'identifier. Quelque temps plus tard, il était tombé dessus, et l'avait retrouvée grouillante d'asticots. Il avait crié, et il avait été puni pour avoir caché la nourriture.

— À bien y réfléchir, tu ne devrais peut-être pas faire cela, dit-il. Je ne veux pas que tu aies des ennuis.

Elle secoua vigoureusement la tête.

— Oh, cela n'arrivera pas ! C'est lui qui vole mes biscuits, et s'il dit quelque chose, Mme Armstrong saura que c'est un voleur.

— Peut-être que les biscuits devraient être un cadeau que tu recevrais. Ainsi, tu ne serais pas coupable. Je t'en apporterai, pour Freddie, bien sûr.

— Oh, vous feriez cela ?

Sa voix contenait un soupçon d'admiration, bien différent de l'admiration frôlant la peur dont tous les autres faisaient preuve à son égard.

— Certainement. Et je t'en apporterai quelques-uns pour toi, qui seront exempts d'asticots.

Elle afficha un large sourire.

— Je vous aime presque autant que votre chien.

Son cœur se gonfla.

— C'est le plus beau compliment que j'aie jamais reçu.

Elle leva les yeux au ciel.

— Impossible.

Mais c'était vrai.

Peu de temps après, une fois qu'il eut regardé Alice retourner dans la maison, Calder partit sans entrer. Il n'avait pas besoin de voir les fuites ou le mobilier nécessaire pour décider de soutenir Hartwell House. Son intermède avec Alice lui avait dit tout ce qu'il avait besoin de savoir. Que cette institution avait besoin de son aide, et de chiens… et qu'il n'était pas complètement brisé.

Gravement endommagé, oui. Mais, pour la première fois, il avait l'espoir de pouvoir être réparé. Il sourit en pensant à Alice tirant sur Freddie. Ce garçon allait regretter de lui avoir tiré les cheveux et d'avoir volé ses biscuits.

Lorsque Calder se rendit à la cuisine pour discuter avec la cuisinière de ses exigences très spécifiques en matière de biscuits, tous les employés de la cuisine et de l'arrière-cuisine cessèrent de travailler et s'efforcèrent de ne pas rester bouche bée.

— Laissez-moi comprendre, my lord, dit la cuisinière. Vous voulez une demi-douzaine de biscuits avec… des asticots ?

— Ou alors, la vermine que l'on trouve à cette époque de l'année, déclara-t-il, conscient que les asticots pouvaient être difficiles à trouver en décembre, à moins de se rendre dans les toilettes.

Et jamais il ne demanderait à qui que ce soit de faire *ça*, même dans ses jours les plus odieux.

— Je sais ce qu'il vous faut ! intervint l'une de ses assistantes. Les vers sont disponibles à tout moment de l'année. Cela conviendrait-il ?

— Je pense que oui. Il y a une fillette à Hartwell House qui dit qu'un des garçons n'arrête pas de lui voler ses biscuits. Je voudrais qu'il cesse, et lui tirer dessus, car c'était sa solution, me semblait inapproprié. La présence de vers dans les biscuits qu'il dérobe devrait mettre un terme à ses larcins.

Tout le personnel présent le dévisagea. La cuisinière se mit alors à rire, d'autres se joignirent à elle, et Calder se surprit à sourire.

Au bout d'une minute, elle dit :

— Nous allons trouver quelque chose. Il ne volera plus ses biscuits.

— Merci, déclara Calder. J'en aurai besoin demain après-midi, ainsi que d'autres sans vermine pour la fillette.

— Oh ! Nous allons préparer quelque chose de spécial juste pour elle.

La cuisinière et son assistante échangèrent un regard, et Calder se rendit compte qu'il ne se souvenait pas de la dernière fois où il s'était senti aussi… satisfait.

Que n'aurait-il pas donné pour que cette sensation dure ! Dommage, elle commençait déjà à s'estomper.

～

*L*a veille de Noël, le temps était aussi froid que les deux jours précédents, et, en prime, la neige menaçait. Felicity leva le nez vers le ciel en arrivant à Hartwell House avec une pile de parchemins à côté d'elle.

— Je ne crois pas qu'il neigera avant un certain temps, si tant est qu'il neige, remarqua son cocher en l'aidant à sortir de la berline.

— Eh bien, si elle se met à tomber, nous partirons tout de suite, dit-elle. De toute manière, je n'en ai pas pour très longtemps.

Il acquiesça, puis lui tendit la pile de papiers que Felicity avait apportés. Elle avait rassemblé et acheté tout ce qu'elle avait pu trouver.

— Merci. Vous rendez-vous à l'écurie pour vous réchauffer ?

— Oui, dit-il en souriant. L'autre jour, j'ai eu aussi droit à une bonne bière.

— Je suis ravie de l'entendre, lui dit Felicity avec un petit rire avant de se tourner vers la porte.

Elle frappa, mais personne ne vint. Puis elle entendit… des cris ?

Craignant pour la personne qui faisait ce bruit, Felicity ouvrit la porte et entra dans la maison. Elle déposa rapidement les parchemins sur le long banc de bois qui longeait le côté droit du hall d'entrée et se précipita vers le son. Quelques secondes plus tard, elle entra dans le réfectoire où un garçon crachait sur le sol et sautillait partout en glapissant par intermittence. Était-ce lui qui avait crié ?

Elle s'avança pour lui demander s'il allait bien, mais elle remarqua que les autres enfants n'étaient pas inquiets. En fait, ils étaient… amusés. Pourquoi se moquaient-ils de lui ? Et pourquoi cette fillette avait-elle l'air d'avoir gagné un concours très important ?

C'est alors que Felicity remarqua la chose la plus étonnante de toutes : Calder se tenait dans un coin, les bras croisés, le visage hilare. Hilare ? Elle cligna des yeux, persuadée qu'elle imaginait son expression. Mais non, elle n'imaginait rien. Il était *amusé*.

Au lieu d'interrompre la scène, elle la contourna jusqu'à rejoindre Calder.

— Que s'est-il passé ?

— Freddie a eu ce qu'il méritait, déclara-t-il en souriant.

Felicity observa la scène de plus près. Le garçon, Freddie, sans doute, avait cessé de bouger. Son visage était pâle et il fixait du regard la fillette qui semblait toujours aussi satisfaite.

— Que diable se passe-t-il ici ? demanda Mme Armstrong en entrant, suivie de plusieurs femmes.

Felicity se demanda comment elles avaient mis autant de temps à arriver.

— Nous sortons pendant une minute pour faire une marche rapide autour de la maison, et voilà ce qui arrive ? poursuivit-elle en regardant Freddie et la jeune fille. Que s'est-il passé ?

Elle plissa les yeux.

— Freddie, as-tu encore pris les biscuits de quelqu'un ?

— Il l'a fait, effectivement, répondit Calder d'une voix calme. Cependant, je pense qu'il ne recommencera pas. N'est-ce pas, Freddie ?

Il regarda le garçon avec un sourire tranquille qui aurait dû l'effrayer au plus haut point. Et c'était peut-être le cas. Freddie semblait horrifié qu'un duc, ou peut-être tout simplement un homme, puisqu'il n'y en avait pas dans la résidence, s'adresse à lui. Felicity se dit que les enfants pourraient bénéficier de conseils masculins. Peut-être pourrait-elle convaincre…

Mon Dieu ! À quoi pensait-elle ? Elle avait déjà poussé Calder bien au-delà de ses limites.

Mme Armstrong souffla et une autre femme s'avança. Elle avait l'air très en colère, ses yeux sombres fixés sur Freddie.

— Je t'ai dit que si tu commettais d'autres bêtises, tu n'irais pas à la fête de la Saint-Étienne.

Freddie blêmit, puis baissa la tête.

— Excuse-toi auprès d'Alice, dit une femme, probablement sa mère, en arrivant à ses côtés.

— Je suis désolé, marmonna-t-il, les yeux toujours rivés au sol.

Sa mère tapa du pied.

— Regarde-la quand tu le dis.

Freddie releva la tête et regarda Alice avec un air de défi.

— Je suis désolé d'avoir pris tes biscuits. Je ne le ferai plus jamais.

— Bien. Tu sais ce qui se passera si tu recommences, le prévint-elle.

Une autre femme, celle-ci aux cheveux clairs et sans doute la mère d'Alice, arriva de derrière Mme Armstrong.

— Alice, la vengeance n'est pas digne d'une lady.

Alice adressa un sourire à Calder, puis hocha la tête en direction de la femme.

— Oui, maman.

— Je pense qu'il est temps que tout le monde retourne dans sa chambre pour un moment de calme, déclara Mme Armstrong.

Les enfants se dispersèrent, beaucoup d'entre eux parlaient et riaient en partant. Alice s'approcha de Calder et le serra dans ses bras.

Felicity resta bouche bée quand il l'étreignit en retour, lui murmurant quelque chose à l'oreille. Elle sourit et acquiesça, puis revint vers sa mère, qui regarda Calder d'un air amusé.

Elle se tourna vers Mme Armstrong qui le fixait de la même manière. Apparemment, tous les adultes présents dans la pièce étaient aussi déconcertés que Felicity par le comportement de Calder. Et pourquoi en aurait-il été autrement ? Jusqu'à... ce jour, apparemment, il n'avait pas soutenu Hartwell House. Voir qu'il s'était en quelque sorte lié d'amitié avec l'une des résidentes et qu'il avait peut-être joué un rôle dans un plan de vengeance était tout à fait étonnant.

Felicity ne l'aurait peut-être pas cru si elle ne l'avait pas vu.

Mais en réalité, elle l'aurait cru. Elle savait que le vrai Calder était là, celui qu'elle aimait. Et oui, elle l'aimait toujours après tout ce temps. Ceci était simplement la preuve de ce qu'elle savait déjà être vrai. Elle était particulièrement heureuse que d'autres puissent le voir aussi.

Lorsque la pièce fut vide, à l'exception de Calder, Felicity et Mme Armstrong, cette dernière fronça les sourcils avant de s'adresser au premier.

— My lord, je suis heureuse de vous voir ici. Cependant, je dois vous prier de ne pas encourager les conflits entre les enfants.

— Je doute qu'il ait fait cela, dit Felicity, ressentant le besoin de prendre sa défense.

Elle s'avança à ses côtés.

— Je lui ai parlé de tout ce dont vous avez besoin, et je crois qu'il est passé pour voir par lui-même.

— Oui, dit Calder. Je serais heureux que vous acceptiez mon soutien pour réparer Hartwell House.

Mme Armstrong en resta bouche bée, mais elle la referma rapidement. Hochant la tête, elle sembla être à court de mots.

Felicity s'empressa de rompre le silence.

— Pourriez-vous également nous fournir une liste des meubles dont vous avez besoin ? Je sais que vous manquez de lits, et il se trouve que nous pourrions en avoir quelques-uns demain, peut-être.

— La veille de Noël ? s'enquit Mme Armstrong.

D'accord, peut-être pas la veille de Noël. Ni le jour de Noël. Ni à la Saint-Étienne. Oh, comme cette période était bien remplie !

— Je ne vois pas de meilleur moment pour le faire,

déclara Calder. Il y a quatre lits que je ferai livrer demain et que j'installerai là où vous en aurez besoin.

Mme Armstrong le regarda en clignant des yeux.

— Je vous remercie, my lord. Votre générosité me bouleverse.

— Je vous présente mes excuses d'avoir mis tant de temps à déterminer comment je pourrais poursuivre le soutien que mon père apportait à votre institution.

Felicity entendit la légère note de dégoût lorsqu'il dit *mon père*, mais elle doutait qu'il en ait été de même pour Mme Armstrong. Elle réfréna son envie de lui prendre la main et de la serrer d'une manière rassurante.

— Je vous suis extrêmement reconnaissante, my lord. Puis-je vous offrir un rafraîchissement ? Ou vous faire visiter les lieux ?

— Je dois m'en aller, mais si vous pouviez me donner une liste de ce dont vous avez besoin, je m'efforcerais de vous le fournir. J'aimerais également avoir le détail des réparations dont vous avez connaissance et je la transmettrai à l'entreprise d'architecture que je vais engager à Londres le mois prochain.

— Vous allez engager une entreprise ?

Mme Armstrong avait l'air d'avoir besoin de s'asseoir.

— Bien sûr. Je ne suis pas un expert dans ce domaine.

Cela coûterait très cher. Manifestement, la question de l'argent n'avait jamais été à l'origine de la pingrerie de Calder. Le cœur de Felicity se serra en l'entendant, mais elle savait qu'il changeait pour le mieux, qu'il retrouvait son chemin.

Mme Armstrong secoua la tête.

— Merci. Lord Darlington sera ravi. J'imagine qu'il le sait déjà, puisqu'il est votre beau-frère, lui dit-elle en souriant. Et voilà, je ne fais que parler.

— Madame Armstrong ?

L'appel provenait de la cuisine, ce qui incita Mme Armstrong à se tourner dans cette direction.

Elle adressa un dernier grand sourire à Calder.

— Si vous voulez bien m'excuser. Merci beaucoup.

Lorsqu'elle fut partie, Felicity se tourna vers lui.

— J'aimerais dire que je suis surprise, mais c'est précisément ce que ferait le Calder que je connais. Je suis très heureuse que tu l'aies trouvé.

Les traits de Calder s'assombrirent un instant.

— Je devais faire en sorte que tu cesses de m'ennuyer.

— Oh, c'est vraiment ça ? demanda Felicity, posant une main sur sa hanche. Peut-être voudrais-tu m'expliquer pourquoi Alice t'a serré dans ses bras ? C'est la partie qui m'a surprise. Non, je suis totalement incrédule.

*I*l agita la main.

— Je lui ai donné quelques indications, rien de plus.

— Sur la manière de se venger de Freddie, par exemple ?

Calder souffla d'un air exaspéré, croisant enfin le regard de Felicity.

— Il n'arrêtait pas de lui voler ses biscuits et de lui tirer les cheveux.

La jeune femme réfréna un sourire.

— Et comment étais-tu au courant de cela ?

— Je suis venu hier pour voir par moi-même. Parce que quelqu'un, dit-il avec un regard noir, ne cessait de me harceler. J'ai rencontré Alice, et elle avait besoin de mon aide.

— Comment as-tu fait ?

Felicity se rapprocha de lui, le regardant avec intérêt.

— Ma cuisinière a préparé des biscuits destinés à être volés. Ils étaient… infestés d'une sorte de vermine.

Cela expliquait les cris et les crachats de Freddie lorsqu'il sautait dans tous les sens.

— Je voudrais me sentir mal pour lui, dit Felicity en souriant malgré elle, mais je suppose qu'il n'y a pas eu de mal.

— Pas du tout, et c'était une leçon importante… surtout l'humiliation devant ses pairs. Il n'embêtera plus Alice.

Une pensée horrible surgit dans l'esprit d'Alice. Le père de Calder lui avait-il fait subir cela ?

— Je t'en prie, ne me dis pas que tu le sais d'expérience.

— Non. J'aurais préféré l'humiliation devant mes pairs à ce qui était…, commença-t-il avant de contracter la mâchoire. Oublie cela.

Elle lui prit alors la main et la serra comme elle avait envie de le faire.

— Je suis vraiment désolée, Calder. Tout ceci est derrière toi maintenant.

Les yeux de Calder étaient tristes, presque désespérés, et le cœur de Felicity saignait.

— Je voudrais que ce soit le cas, mais parfois, je suis simplement perdu, dit-il avant de retirer sa main. Je dois y aller.

Elle voulait qu'il reste, mais dans quel but ? Pour qu'elle puisse le prendre dans ses bras et l'apaiser ? Ce n'était ni le lieu ni le moment.

— Les lits que tu vas livrer proviennent-ils de la maison de mon père ?

Calder hocha la tête.

— À moins que cela ne te dérange ?

Elle secoua la tête.

— Pas du tout. C'est moi qui l'ai suggéré, après tout. Je suis ravie que tu en fasses don à Hartwell House. Tu as un bon cœur, en dépit de tous tes efforts pour prouver le contraire.

Elle l'avait dit avec une pointe d'humour pince-sans-rire,

mais il ne sourit pas. C'était encore rare pour lui de le faire. Felicity pourrait peut-être demander à Alice son secret pour provoquer des sourires, des rires et des embrassades de la part du duc de Hartwell.

— Felicity, tu devrais garder à l'esprit que je n'essaie pas d'avoir le cœur noir, mais que c'est tout simplement comme ça. Plus tôt tu en prendras conscience, mieux tu te porteras. Et peut-être qu'alors tu cesseras de m'ennuyer.

Il quitta la pièce à grands pas, laissant la jeune femme le suivre du regard, tristement confuse. Elle était certaine qu'il faisait des progrès.

C'était peut-être à eux qu'il faisait allusion. Ce n'était pas parce qu'il accueillait la Saint-Étienne et qu'il soutenait Hartwell House qu'il était prêt à s'ouvrir aux relations personnelles et à l'amour. Au chagrin.

Parce que Felicity savait que l'amour s'accompagnait de chagrin. Elle était prête à risquer le second pour avoir le premier. Elle n'était pas certaine que Calder puisse jamais partager ce sentiment.

CHAPITRE 8

$\mathcal{U}$ne légère couche de neige recouvrait le sol le matin de la veille de Noël lorsque Calder partit avec ses sœurs et ses beaux-frères à la recherche de la bûche de Noël. Ils étaient tous à cheval, tandis qu'un palefrenier conduisait un chariot qui ramènerait l'arbre à la maison. Isis courait à côté de Calder.

La sensation d'être avec ses sœurs et leur mari était étrange, sans doute parce que c'était la première fois. Il n'était de retour à Hartwell que depuis le printemps précédent, et il avait été absent pendant des années avant cela. Il avait l'impression de les connaître à peine.

— C'est un beau bosquet, dit Poppy. Regardons ici.

Son mari descendit rapidement de sa monture et se précipita pour l'aider. Il la souleva avec beaucoup de précautions de son cheval et la déposa délicatement sur le sol.

Calder ne tenait pas particulièrement à la bûche de Noël. Avant d'accepter que ses sœurs viennent, il n'avait même pas prévu d'en trouver une. S'il s'était joint à eux aujourd'hui, c'était uniquement pour sortir avec Isis, qui adorait la neige.

Il descendit de son cheval et la chienne accourut auprès de lui.

— N'avons-nous pas trouvé une bûche de Noël dans ce bosquet une fois ? s'enquit Bianca.

— Tu as une bonne mémoire, dit Poppy. Tu ne devais pas avoir plus de cinq ans.

Calder devait avoir treize ans à l'époque. Il était rentré d'Eton, même s'il aurait préféré rester à l'école.

Ils marchèrent en groupe vers les arbres, les examinant à mesure qu'ils avançaient. Tous, sauf Calder. Ils pourraient trouver une vieille bûche pourrie sur le sol, cela lui conviendrait.

— Merci de nous avoir invités à Hartwell, dit Buckleigh. Je suis heureux de tirer un trait sur le passé. J'espère que tu l'es aussi.

— Ash, siffla Bianca avant de donner un coup de coude dans les côtes de son mari. Pas maintenant.

— Désolé, murmura Buckleigh.

— Non, c'est un bon moment, dit Calder avant d'expirer. J'ai l'intention de donner sa dot à Bianca.

Poppy s'avança vers lui et lui toucha le bras en souriant.

— Merci.

S'il s'était senti mal à l'aise face à la gratitude de Mme Armstrong, là, c'était dix fois pire. Il ne savait plus où se mettre. Il montra un arbre du doigt.

— Et celui-là ?

— Trop maigre, dit Bianca.

Elle avait raison, mais d'un autre côté, Calder, ne l'avait pas vraiment regardé. Il avait juste essayé de détourner la conversation.

Bianca se dirigea vers celui qui se trouvait à côté.

— Celui-ci. Il est parfait.

— C'est vrai, acquiesça Poppy.

Les deux sœurs se tournèrent vers Calder, qui se contenta de hausser les épaules.

— Gabriel ? s'enquit Poppy.

— Tout ce que mon amour désire.

Darlington la regardait avec chaleur et amour, et même si Calder s'efforçait de rester insensible, ses entrailles se tordaient de jalousie.

— Je vais chercher la hache, annonça Buckleigh en retournant au chariot.

Bianca se rapprocha de Calder.

— Cela commence vraiment à ressembler à Noël. Je suis si heureuse que nous soyons tous ici ensemble !

Ses yeux bleus brillaient dans la lumière du soleil matinal qui filtrait à travers les nuages.

Poppy se plaça à côté d'elle et passa son bras sous celui de Bianca.

— Oui, et imaginez, l'année prochaine, il y aura des petites empreintes dans la neige.

Bianca éclata de rire.

— À moins que ton enfant n'apprenne à marcher à un âge étonnamment jeune, je crois que non.

Poppy gloussa, et Calder comprit alors pourquoi Darlington l'avait soulevée avec tant de précautions.

Une fois de plus, il ressentit une pointe de jalousie.

— Félicitations.

— Merci, dit Poppy. Je sais que tu n'es pas au courant, pourquoi le serais-tu, mais j'ai cru que je ne pouvais pas avoir d'enfants. Gabriel et moi sommes mariés depuis bientôt trois ans et… Eh bien, nous sommes très heureux.

Une sensation de chaleur germa dans la poitrine de Calder, puis se propagea. C'était du bonheur, pas pour lui, mais pour sa sœur, qui était la personne la plus gentille qu'il connaissait. Si quelqu'un méritait la joie d'avoir un enfant, c'était elle.

— Je suis heureux pour toi, dit-il d'une voix tranquille.

Poppy tourna la tête et passa un doigt sur son œil pour l'essuyer.

— J'aimerais que papa soit là pour partager notre bonheur.

Et juste comme ça, la petite flamme à l'intérieur de Calder vacilla et mourut.

— Pas moi.

Les mots sortirent de sa bouche spontanément, et il regretta aussitôt de ne pas pouvoir les retirer.

Bien sûr, Bianca lui demanda :

— Pourquoi ne l'aimais-tu pas ? Il était tellement désemparé que tu ne viennes jamais lui rendre visite, surtout à la fin.

Calder ne pouvait pas leur dire. Il fallait qu'elles puissent vivre toute leur vie sans savoir à quel point il avait été cruel.

Il se concentra sur Buckleigh, qui était revenu avec la hache. Darlington et lui discutaient de la manière d'abattre l'arbre. Le valet de pied se tenait à proximité, prêt à offrir son aide. Calder aiderait aussi. Il allait arracher cette satanée chose du sol afin d'éviter cette conversation avec ses sœurs.

Mais avant qu'il ne s'éloigne, Bianca lui dit :

— Tu te souviens de la bûche de Noël qui a failli mettre le feu à la maison ?

Les yeux de Poppy s'écarquillèrent.

— Oui ! C'était presque un désastre, confirma-t-elle en regardant Calder. Tu étais là cette année-là ?

Calder avait manqué quelques Noëls parce qu'il avait accepté des invitations d'amis de l'école. Il n'avait pas de souvenir de l'incendie.

— Je ne crois pas.

— Mon moment préféré de la recherche de la bûche de Noël, c'était lorsque papa chantait, dit Bianca en souriant. Il avait une si belle voix, et tu en as hérité, Poppy. Quant à moi, je suis plus capable de porter cet arbre que de chanter.

Elles se mirent à rire, et soudain, Calder ne se sentit plus capable de supporter d'entendre leurs bons souvenirs de « papa ». Quelque chose en lui se brisa et explosa, comme une pièce d'artillerie qui se serait enrayée au lieu de tirer nettement comme elle devait le faire. Calder était censé endurer le comportement de son père en silence. Mais, d'un autre côté, c'était ce que l'homme aurait voulu, n'est-ce pas ? Ne devrait-il pas souhaiter le contraire, comme il l'avait fait pour tout le reste ?

Il les contemplait.

— Voici un souvenir dont aucune de vous deux ne se souviendra, sans doute. En fait, je crois que Bianca n'était qu'un bébé. Oui, c'est cela, car l'année qui a suivi la mort de maman a été la pire. Et Poppy, tu devais être à la maison avec la nourrice.

Ses deux sœurs le regardèrent avec un mélange de méfiance et d'intérêt.

— Nous sommes partis à la recherche de la bûche de Noël, comme d'habitude, mais ce n'était pas la même chose sans maman. C'était elle qui chantait, et elle apportait des biscuits et une cruche de bière épicée. J'avais finalement été autorisé à en boire la dernière année où elle était venue avec nous.

Il ne put s'empêcher de regarder Bianca, qui n'avait jamais connu la belle femme pleine de vie qu'avait été leur mère. Lorsqu'il pensait à toute la douleur qu'il avait endurée, il savait que la sienne était probablement bien plus grande. Et pourtant, il se demandait s'il ne valait pas mieux ne pas l'avoir connue du tout, plutôt que de regretter ce que l'on ne pourrait plus jamais avoir. Il avait pensé la même chose de Felicity, qu'il aurait mieux valu ne pas la connaître.

— Je ne me souviens pas vraiment d'elle, dit Poppy

doucement. Je me souviens de son odeur... Elle sentait le chèvrefeuille. Mais tout le reste, je l'ai appris de toi, dit-elle en levant les yeux vers Calder. Je ne crois pas t'avoir jamais remercié d'avoir entretenu sa mémoire pour moi.

Calder était à deux doigts de craquer. Parce qu'il ne l'avait pas fait pour elle. Il l'avait fait pour lui. Il était aussi égoïste que l'on pouvait l'être, comme l'avait dit son père.

— Calder, tu allais nous raconter une chasse à la bûche de Noël, insista Bianca.

Il aurait abandonné cette idée après ce qu'avait dit Poppy. Mais Bianca allait insister... Et il fallait que cette histoire soit racontée après tout ce temps.

— J'ai choisi un arbre, mais il a dit qu'il n'était pas bien. Il était trop... je ne me souviens même plus, raconta Calder.

Son regard se porta au loin au-delà de ses sœurs. Ce jour était aussi clair dans son esprit que le paysage qui s'offrait à lui.

— Je voulais vraiment cet arbre. Il me faisait penser à celui que maman avait choisi l'année précédente. Je savais que c'était celui qu'elle aurait voulu. Mais il refusait, et, parce que j'ai discuté, il m'a laissé là.

— Où ? murmura Poppy, les yeux écarquillés par l'inquiétude.

Calder haussa les épaules.

— Loin de la maison. Il m'a fallu des heures pour retrouver mon chemin. Et il s'est mis à neiger. J'étais presque gelé, et, quand je suis arrivé, la seule chose qu'il a trouvé à me dire, c'était de ne pas goutter sur le tapis.

— Oh, mon Dieu ! souffla Bianca, se rapprochant de lui d'un côté, tandis que Poppy s'approchait de l'autre.

— A-t-il fait d'autres choses comme ça ? s'enquit Poppy, dont la voix était réduite à un croassement.

— Tout le temps, répondit Calder, incapable de les regarder. Il me traitait très différemment de vous. Et il a toujours pris soin de ne jamais vous le laisser voir.

Il jeta un coup d'œil à Bianca, qui le regardait fixement, les yeux tristes.

— Je m'attendais à ce que toi, en particulier, tu dises que ce n'était pas possible.

— Je voudrais bien, ne serait-ce que parce que je n'ai pas envie de penser qu'il t'a traité ainsi, mais je vois bien que c'est ce qu'il a fait.

Vraiment ? Oui, il entendait l'angoisse dans sa voix.

— Oh, Calder, j'aurais aimé que tu nous le dises.

Poppy passa un bras autour de son dos et posa la tête contre son bras. C'était une tentative d'étreinte, mais il était figé, enfermé dans le passé.

— Je ne voulais pas que vous le sachiez.

— Ta fierté est ridicule, dit doucement Bianca en lui serrant la main.

Il s'éloigna de ses deux sœurs.

— Ce n'était pas ma fierté ! C'était *lui*. Vous l'aimiez. Il vous aimait tous les deux. Il vous a donné le meilleur de lui-même. J'ai perdu le seul parent qui s'occupait de moi, et quand il a perdu notre mère, j'ai porté le poids de ses émotions. Rien de ce que je faisais n'était jamais assez bien. Il n'a même pas été capable de me laisser avoir la femme que j'aimais.

Peut-être comprendraient-elles maintenant pourquoi il avait choisi de ne pas ressentir. Rien de bon n'en sortait.

Poppy s'avança la première, faisant un pas vers lui.

— Je suis tellement désolée.

Tout devint flou. Il ne voulait pas de sa pitié. Il ne voulait rien.

Se tournant, il sortit du bosquet à grandes enjambées. Isis le suivit et le regarda avec curiosité lorsqu'il monta à cheval.

— Reste, lui dit Calder, sachant que les autres l'emmène-
raient avec eux à la maison.

Pour l'instant, il n'était pas certain de savoir où il allait.
Ou même s'il allait revenir, pour être franc.

～

*H*eureusement, la neige n'était pas trop épaisse
sur le sol, sinon Felicity n'aurait pas pu se
rendre à son ancienne maison familiale. Elle n'était pas
revenue pour la visiter entièrement, et elle voulait le faire
avant que les lits ne soient enlevés ce jour-là.

Elle arriva en avance, en même temps que les valets de
pied et les palefreniers de Hartwood. Elle leur donna des
instructions, et se demanda pourquoi Calder n'était pas là. Ils
lui apprirent qu'il était parti à la chasse à la bûche de Noël
avec sa famille.

À cet instant, alors qu'ils chargeaient les derniers lits, elle
souriait encore. Apparemment, Calder avait vraiment fait de
grands progrès. Peut-être était-il enfin prêt à laisser le passé
derrière lui et à envisager un avenir plus radieux.

L'un des valets de pied vint lui parler dans le hall d'entrée.

— Nous sommes prêts à nous rendre à Hartwell House.
Merci pour votre aide, madame Garland.

— C'était un plaisir pour moi. Joyeux Noël à vous.

— À vous également. Nous verrons-nous à la Saint-
Étienne ?

— Je l'espère. Je ne voudrais pas manquer cet événement.

Il inclina la tête avec un sourire, puis s'en alla. Resserrant
son châle autour de ses épaules, Felicity referma la porte
derrière lui avant de monter à l'étage pour éteindre le petit
feu qu'elle avait allumé dans le salon. Pendant que les valets
de pied et les palefreniers déplaçaient les meubles, elle s'était
confortablement installée dans un fauteuil qu'elle espérait

que Calder lui permettrait d'emporter chez elle. Elle lui demanderait plus tard, peut-être le jour de la Saint-Étienne, puisque c'était sans doute la prochaine fois qu'elle le verrait.

Le craquement d'une lame de plancher la poussa à se détourner de l'embrasure de la porte du salon. Calder se tenait en haut des escaliers.

Il ne portait ni chapeau ni gants et il était en train de retirer son pardessus, qu'il laissa tomber sur le sol. Il passa la main dans ses cheveux noirs, hérissant les mèches épaisses. Ses yeux gris, d'habitude si froids et distants, étaient incandescents, comme de l'argent liquide. Quelque chose n'allait pas. Pas du tout.

Elle s'approcha de lui et lui prit les mains. Sa peau n'était pas aussi froide qu'elle s'y attendait, mais il était quand même frigorifié.

— Tu as besoin d'un feu. Il y en a un qui brûle dans l'âtre du salon.

Il secoua la tête.

— J'ai juste besoin de toi.

Oh ! Une vague de désir la traversa. C'était une sensation qu'elle n'avait jamais éprouvée, et pourtant, elle la reconnut aussitôt.

Elle fit glisser ses mains sur son torse et les enroula autour des revers de son manteau. Son châle tomba sur le sol derrière elle.

— Dis-moi comment.

— Comme tu voudras me le permettre.

Elle ignorait ce qui s'était passé lors de leur chasse à la bûche de Noël pour l'envoyer ici dans une frénésie désespérée, et elle n'était pas sûre que cela ait de l'importance. Elle était juste heureuse d'avoir été là pour le voir. Enfin, quelque chose avait joué en leur faveur, les rapprochant au lieu de les éloigner.

— Je suis là. Je suis à toi.

Il l'entoura de ses bras et l'embrassa, sa bouche s'écrasant sur la sienne. Cela n'avait rien à voir avec les baisers curieux et enthousiastes de leur jeunesse ni avec les baisers prudents de l'autre jour. C'était le feu et la glace, l'extrême absolu des baisers. Felicity sentait qu'elle risquait de s'étioler et de mourir si cela ne se poursuivait pas, si on ne leur permettait pas d'aller jusqu'au bout de ce qu'ils voulaient tous les deux.

Seulement, elle ne voulait pas de fin. Elle voulait l'éternité.

Les lèvres et la langue de Calder se mouvaient avec les siennes comme si les dix dernières années ne les avaient jamais séparés, comme s'ils étaient faits l'un pour l'autre. Elle le pensait dix ans plus tôt. Elle espérait ardemment que c'était vrai aujourd'hui.

Il remonta les mains le long du dos de Felicity et tira les épingles de ses cheveux, les laissant retomber sur le sol. Puis il enfouit ses doigts dans ses boucles, massa son cuir chevelu et lui caressa la tête en lui dévorant la bouche.

Elle s'éloigna en haletant, puis lui prit la main et l'entraîna dans le salon où elle avait appris à coudre, à écrire et tant d'autres choses. Il la laissa le guider jusqu'à la cheminée, puis il la serra contre lui et l'embrassa à nouveau, ne laissant aucun doute sur ses intentions. C'était une bonne chose, car s'il tentait de s'éloigner d'elle maintenant, elle se sentait capable de faire s'écrouler la maison autour d'eux pour l'obliger à rester.

Il desserra les liens dans le dos de sa robe et, en réponse, elle tira sa cravate jusqu'à ce que le nœud se défasse. Ils passèrent les minutes suivantes à s'embrasser et à se déshabiller mutuellement, jusqu'à ce qu'elle se tienne devant lui en corset et chemise, et lui en chemise et en pantalon.

— Il fait froid, dit-elle, se demandant si c'était pour cela qu'il hésitait à finir de se déshabiller.

— Je n'ai pas froid. Je ne pense pas que ce soit possible

quand je suis avec toi. Je suis simplement en train de... savourer ce moment. J'ai attendu si longtemps de te toucher comme ça, de te voir... J'en ai rêvé des milliers de fois.

Ses paroles brisèrent le cœur de Felicity, mais réparèrent en quelque sorte les fissures et les failles avec lesquelles elle avait appris à vivre. Elle tira sur les lacets de son corset, ravie qu'ils soient à l'avant, le regard rivé sur celui de Calder.

— Tu n'as plus besoin d'attendre. Et ce n'est pas un rêve.

Détaché, le corset s'affaissa autour de sa cage thoracique. Elle le fit passer sur ses hanches et le long de ses jambes, jusqu'à ce qu'il touche le sol, puis elle l'écarta délicatement avec son pied.

Elle attrapa l'ourlet de sa chemise, agrippant fermement le coton avant de le faire passer par-dessus sa tête. Elle se tenait totalement nue devant lui, ce qu'elle n'avait jamais fait avec son mari. Leur intimité s'était toujours déroulée dans l'obscurité, et elle avait toujours porté sa chemise de nuit. Le simple fait de se tenir là, exposée à lui, était la chose la plus érotique qu'elle ait jamais faite.

Face à quelqu'un d'autre, elle aurait pu être intimidée, mais c'était Calder. Son cœur. Son âme. Et il la regardait comme si elle était une déesse... *sa* déesse. Elle n'avait jamais rien vu de plus séduisant que la possessivité et la faim qui brûlaient dans son regard.

— Tu es encore plus belle que je l'imaginais, murmura-t-il en se rapprochant d'elle.

Il effleura le côté de son visage, ses doigts glissant sur sa chair, descendant le long de sa gorge, caressant doucement sa clavicule. Puis plus bas encore, jusqu'à ce que sa main se pose sur son sein. Le contact de la peau de Calder contre la sienne lui arracha un gémissement. Elle se sentait totalement effrontée alors qu'elle se pressait contre lui, avide de ses caresses.

Il semblait comprendre ce qu'elle voulait, car il la prit

dans ses bras, d'abord doucement, puis plus fermement, ses doigts se refermant sur son mamelon pour le tirer délicatement. Il fit la même chose avec l'autre sein, ses deux mains se promenant sur elle, l'excitant, faisant monter un doux désir éperdu jusqu'à son sexe.

Il tira sur ses deux mamelons en même temps, et elle haleta. Puis il abaissa la tête et aspira l'un d'eux dans sa bouche. La sensation fit plier ses genoux et une nouvelle vague de faim l'envahit.

Il l'entoura de son bras et la conduisit jusqu'au canapé, situé à quelques centimètres de là, devant le feu. En la guidant vers le bas, il la coucha sur le dos, puis s'agenouilla sur le sol à côté d'elle.

Elle le regarda d'un air interrogateur, se demandant pourquoi il était par terre et ne se plaçait pas sur elle.

— Que fais-tu ?

— Je te vénère, dit-il simplement avant d'abaisser la tête sur sa poitrine une fois encore.

Il posa les mains sur elle, capturant sa chair avec ses lèvres, sa langue. Et ses dents. Il la mordilla et elle se cambra sous l'effet de la surprise et du plaisir.

Alors que la main de Calder descendait le long de son abdomen, elle se rendit compte qu'un désir lancinant s'était installé entre ses jambes. Elle avait déjà éprouvé une sensation similaire, mais rien de comparable à cette envie qui ne demandait qu'à être satisfaite. Elle se tortilla, avide d'une chose dont elle savait qu'elle avait toujours été hors de sa portée.

Elle cria lorsque ses doigts effleurèrent son sexe.

— Écarte les jambes, Felicity, lui intima-t-il d'une voix douce.

Elle suivit son ordre, prête à tout ce qu'il pourrait faire, et espérant que cette fois-ci serait différente. Elle le serait forcément : c'était Calder. Il caressa un point au sommet de son sexe et son corps tressaillit de plaisir.

Elle ferma les yeux et se perdit dans ses caresses.

— Oh, oui. Oh oui. Oh oui !

Elle ne pouvait s'empêcher de le répéter en boucle.

Calder plongea un doigt en elle et s'enfonça profondément, l'emplissant. Elle gémit et remua les hanches ; elle en voulait plus. Il le lui donna, imprimant un mouvement de va-et-vient tandis que son pouce caressait cet endroit merveilleux.

De son autre main, il saisit la nuque de la jeune femme et lui fit tourner la tête pour qu'elle soit face à lui.

— Ouvre les yeux, mon amour, chuchota-t-il. Je veux que tu me regardes quand je te mènerai à l'orgasme.

Elle fit ce qu'il lui ordonnait, sa main soutenant sa tête tandis qu'elle plongeait son regard dans ses yeux argentés. Lorsqu'il la pénétra ensuite, il y avait plus, deux doigts peut-être, et elle cria. Elle essaya de fermer les yeux, mais il imprima plus de pression dans son cou.

— Regarde-moi, Felicity.

Il la pénétra encore et encore, la comblant, l'entraînant à une hauteur vertigineuse.

— Mon Dieu ! Tu es magnifique. Je ne peux pas...

Il rompit le contact visuel et déplaça sa tête le long de son corps. Puis sa bouche se posa sur elle, léchant et suçant sa chair tandis que ses doigts poursuivaient leur pénétration sauvage et délicieuse.

Elle ne pouvait garder les yeux ouverts tant le plaisir qui la submergeait était grand, comme si elle était projetée dans une nuit noire constellée d'étoiles brillantes. Elle flottait dans une extase absolue. Jusqu'à ce qu'elle retombe. Une chute glorieuse et spectaculaire qui fit frémir son corps et chanter son cœur.

Lorsqu'elle ouvrit enfin les paupières, elle vit Calder

accroupi, la respiration forte et rapide, ses yeux dilatés rivés sur le corps de la jeune femme.

— Je veux te voir, dit-elle en se tournant et glissant hors du canapé.

Elle s'agenouilla devant lui et trouva l'ourlet de sa chemise. Il ne dit rien, se contentant de la fixer du regard, le visage tendu. Il avait le corps crispé, elle le remarqua lorsqu'elle passa le vêtement par-dessus sa tête. Les muscles de ses épaules et de sa poitrine étaient parfaitement dessinés, attestant qu'il était un homme athlétique. Elle caressa ses clavicules et fit descendre ses mains le long de son torse, effleurant sa chair chaude de ses paumes afin d'en mémoriser chaque courbe et chaque angle.

Lorsque les mains de Felicity s'aventurèrent plus bas, il inspira brusquement et retint sa respiration.

— Quelque chose ne va pas ? demanda-t-elle doucement, bloquant le mouvement de ses mains.

— Non, ne t'arrête pas.

Elle fit glisser ses doigts jusqu'à la ceinture de son pantalon.

— Comment puis-je te déshabiller si tu es assis comme ça ?

En un clin d'œil, il se leva et se débarrassa des vêtements qui lui restaient. Lorsqu'il s'agenouilla à nouveau, elle contempla son sexe. Elle n'avait jamais regardé celui de son mari… mais peu importait, elle ne voulait penser à rien d'autre qu'à Calder.

Curieuse, elle tendit la main vers lui, puis hésita.

— Puis-je ? demanda-t-elle timidement.

— S'il te plaît, répondit-il, lui prenant la main pour l'enrouler autour de son membre. Ma queue ne demande qu'à être touchée par toi.

Queue. Ce mot était à la fois cru et incroyablement excitant. Elle se dit qu'elle n'avait qu'une envie, elle aussi, la toucher.

— Montre-moi.

Calder posa une main sur la sienne et la fit descendre jusqu'à la base.

— Caresse-moi. Pas trop durement. Pas trop doucement.

Il la regarda attentivement, et sa main guida la sienne.

Elle fit ce qu'il lui disait, saisissant fermement sa chair tout en faisant glisser sa paume de haut en bas. Elle trouva de l'humidité à l'extrémité et, curieuse, elle passa son pouce dessus.

Il gémit.

— Felicity, va sur le canapé.

Elle commença à se lever et il l'aida ; il la souleva et la coucha sur le dos.

— Je suis désolée qu'il n'y ait pas de lits, dit-elle en souriant.

— Je n'aurai même pas besoin d'un canapé.

Calder la couvrit de son corps et l'embrassa profondément, sa langue s'enfonçant dans sa bouche tandis que sa main trouvait son sexe une fois de plus.

Elle ouvrit les jambes et il s'installa entre elles, du mieux que le canapé le permettait, son membre se nichant contre son intimité. Le désir affluait de son sexe et se répandait dans son corps. Elle voulait à nouveau un… orgasme. Était-ce possible qu'elle en ait encore un ? En tout cas, elle en avait l'impression.

Il se glissa en elle, l'embrassant dans le cou, tandis qu'elle s'étirait pour le recevoir, son corps l'accueillant comme s'il était enfin rentré à la maison. Et c'était sans doute le cas.

Il bougeait lentement, la comblant avant de se retirer puis de l'emplir à nouveau progressivement. C'était divin et pourtant c'était loin d'être suffisant. Elle lui empoigna les fesses, l'incitant à aller plus vite.

— S'il te plaît, Calder.

Alors, il lâcha prise. Il posa brièvement sa bouche sur la sienne et plongea en elle. Elle gémit, enfonçant ses doigts dans sa chair, avide du ravissement qui l'envahissait. Elle bougea avec lui, leurs corps trouvant un rythme qui la poussa au bord de l'extase une fois encore. Elle revit alors ce ciel d'encre avec ce tapis d'étoiles et plongea la tête la première dans un doux oubli. Son corps s'écrasa et explosa sous celui de Calder, puis elle le sentit se raidir. Il appela son nom, puis cria encore et encore alors qu'il s'enfonçait profondément en elle.

Une léthargie totale et merveilleuse s'abattit sur elle. Il se tourna avec elle, la serrant contre lui pour qu'elle soit coincée entre lui et le dossier du canapé. Souriante, elle se blottit contre lui, plus heureuse qu'elle ne l'avait jamais été.

Peu à peu, leur respiration s'apaisa, et celle de Calder devint régulière et profonde. Elle ouvrit à peine les yeux, et constata qu'il s'était assoupi. Satisfaite, elle embrassa sa mâchoire et murmura :

— Je t'aime.

Puis elle le rejoignit dans le sommeil.

CHAPITRE 9

*P*ourquoi faisait-il si froid ?

Sa peau ressemblait à de la glace, il avait l'impression qu'il ne se réchaufferait plus jamais. De la brume tourbillonnait autour de lui, le poussant à se demander comment il était possible qu'il fasse déjà nuit et comment il était arrivé dehors.

Le brouillard se dissipa. Il n'était pas dehors. Devant lui se trouvait un salon confortable rempli de personnes qu'il ne reconnaissait pas. Non, ce n'était pas tout à fait vrai. La femme qui se tenait près de l'âtre lui était tout à fait familière. Ses yeux verts s'illuminaient de joie tandis qu'elle prenait la main de l'homme qui venait la rejoindre.

Il avait les cheveux gris, et elle avait les cheveux blancs. Les autres personnes étaient plus jeunes, et l'une d'entre elles était manifestement leur fille. Une enfant s'agrippa à sa jupe. La jeune femme la prit dans ses bras et la porta jusqu'à la femme aux yeux verts... Felicity.

Elle sourit à la fillette.

— Joyeux Noël, ma douce.

— Grand-maman ! s'écria l'enfant en tendant la main vers elle, et Felicity la prit dans ses bras. Grand-papa !

Elle sourit à l'homme qui se trouvait aux côtés de Felicity.

Il rit doucement, et ses yeux si pleins d'amour et de fierté déchirèrent la poitrine de Calder. De quel genre de sorcellerie s'agissait-il ? Felicity avait les cheveux blonds. Son mari était mort. Elle n'était pas mère et encore moins grand-mère.

Et quel était ce sapin, dont les bougies scintillaient sur les branches, qui se dressait dans un coin, une sorte de bûche de Noël abominable ?

— Cela va mettre le feu à la maison ! *s'écria Calder.*

Personne ne semblait l'entendre. Il s'avança et agita la main devant le visage de Felicity, qui ne détourna pas le regard de sa petite-fille.

Petite-fille... Ils avaient tous l'air si heureux ! Et où était-il ? Pourquoi n'était-il pas là ?

La brume revint en même temps que le froid glacial. Lorsque l'atmosphère se dégagea à nouveau, il était dehors. Le ciel était gris et, autour de lui, des pierres tombales émergeaient de l'herbe dormante.

Il entendait le bourdon d'une voix portée par le vent. Calder passa entre les pierres, le cœur battant à tout rompre. Un petit groupe se tenait au-dessus d'un trou dans le sol. Le pasteur termina de parler, puis regarda les personnes qui se tenaient autour de lui. Il n'y avait que quatre personnes, ses sœurs et leur mari.

Comme Felicity, ils avaient l'air plus âgés. Ils avaient les cheveux gris, et les rides autour de leurs yeux trahissaient leur âge.

Il s'approcha du trou et baissa les yeux sur un simple cercueil en bois.

— Qui est mort ? *s'enquit-il.*

Comme Felicity avant eux, aucun d'eux ne réagit à sa présence. Ils ne le voyaient et ne l'entendaient pas.

— J'espère qu'il est en paix maintenant, *dit Poppy en baissant un regard triste sur la fosse.*

Elle tourna la tête vers Bianca.

— Je n'arrive pas à croire qu'il n'y ait pas d'héritier, nulle part.

Après toutes ces générations, il n'y aura plus de Stafford à Hart-
wood. Qu'adviendra-t-il de Hartwood ?

Poppy regarda son mari.

Le marquis haussa les épaules.

— La reine décidera.

La reine ? Il y avait une reine ? En quelle année était-ce ?

— De toute façon, c'est un vrai gâchis, dit Bianca en fronçant
les sourcils. Je n'arrive pas à croire à quel point Calder l'a laissé se
dégrader avant de mourir.

C'était lui dans le trou. Calder commença à trembler. Il n'au-
rait pas cru possible d'avoir plus froid, mais ce fut le cas.

— Ce n'est pas comme s'il avait gardé un nombre de domes-
tiques raisonnable. Ceux qu'il gardait ne restaient jamais long-
temps, et on ne peut pas leur en vouloir.

Poppy secoua la tête.

— Non, il était absolument horrible.

— Terrifiant, en fait, insista Bianca en frémissant. La dernière
fois que je l'ai vu, il y a plus d'un an, ce qui restait de ses cheveux
gris lui arrivait au milieu du dos. Il avait du mal à garder les yeux
concentrés sur quelque chose, et ses mains ressemblaient à des
griffes.

— Il a toujours été une bête... Désolé, dit Darlington, posant
une main sur le dos de Poppy, lui offrant un sourire compatissant.

— Il ne pouvait s'en prendre qu'à lui-même, c'est vrai, dit
Poppy en soupirant.

Il est mort seul, comme il avait choisi de vivre sa vie.

Bianca secoua la tête, navrée. Poppy regarda le jeune pasteur.

— S'il vous plaît, faites une prière supplémentaire pour notre
frère ce soir.

— Je le ferai, my lady.

Après un dernier regard dans la fosse, Bianca se détourna.
Poppy fit la moue avant de pivoter et de passer son bras sous celui
de sa sœur. Elles s'éloignèrent ensemble de la tombe, suivies par leur
mari.

Le pasteur fit un geste vers les fossoyeurs. Les deux hommes s'avancèrent avec leur pelle et se mirent à combler le trou.

Au moment où la terre touchait le bois, le monde extérieur autour de Calder disparut. Il n'y avait plus que du noir et une odeur étouffante de bois coupé et d'humidité. Un claquement régulier se faisait entendre au-dessus de lui. C'était comme de la pluie, sauf que cela n'en était pas. Il voulut tendre les bras, et ses mains heurtèrent le bois juste devant lui.

Il était dans le cercueil.

Il frappa le bois, hurlant. Ses mains furent rapidement douloureuses et meurtries. Il ne pouvait pas être mort. Pas maintenant, pas juste après avoir trouvé...

Le bois sous lui céda et il tomba inexplicablement. Dans un abîme...

— Calder, réveille-toi !

Il poussa de nouveau, s'attendant à trouver une résistance. Il n'y avait rien. Paniqué, il ouvrit les yeux pour voir où il était tombé.

— Calder !

C'était une voix qu'il connaissait. Sa voix. Il cligna des yeux et vit le visage jeune et sans fard de Felicity, ainsi que ses cheveux blond doré. Levant la tête, il regarda autour de lui, confus, puis reconnut le salon de son cottage familial.

Elle était nue, tout comme lui. Puis il se souvint. Ils étaient sur le canapé.

— Me suis-je endormi ? demanda-t-il.

— Oui, nous nous sommes assoupis un moment. Tu as commencé à crier, puis tu es tombé par terre.

Il était tombé *par terre*.

Il laissa retomber sa tête sur le tapis et fixa le plafond en prenant de grandes inspirations pour apaiser son pouls qui s'emballait. C'était un rêve. Dans son rêve, il était mort et sa famille ne semblait pas s'en émouvoir, même s'il jugeait déjà suffisant qu'elle vienne se recueillir sur sa tombe. Même s'ils n'avaient pas versé une larme ? Ils avaient paru soulagés. Et déçus... il les avait laissés tomber, eux et le duché.

Et il y avait eu Felicity. Heureuse avec sa famille nombreuse, dont son mari, qui l'adorait manifestement. Calder ferma les yeux pour chasser l'image de son esprit, mais il craignait qu'elle ne soit gravée à jamais dans sa mémoire.

— Nous devrions nous habiller, suggéra Felicity.

Il ouvrit les yeux et la vit se lever. Elle s'occupa de rassembler leurs vêtements et les déposa sur le canapé. Calder se rhabilla rapidement, ce que Felicity ne pouvait pas faire. Il mourait d'envie de partir, de fuir, mais il s'obligea à rester pour l'aider.

Après avoir lacé sa robe, il jeta un regard vers la porte.

— Je dois y aller.

— Oui. Et moi, je dois rentrer chez ma mère, dit-elle, s'asseyant sur le canapé pour enfiler ses bottes. Où dois-tu aller ?

Partout sauf ici. Il s'avança vers la porte.

— Calder, tu m'as entendue ?

Il s'arrêta sur le seuil.

— Felicity, tu dois m'oublier. Tu mérites une vie longue et heureuse.

Celle qu'il avait vue pour elle. Celle qu'il ne pouvait manifestement pas lui donner.

Elle se leva, et son front se plissa profondément.

— Jamais je ne pourrai t'oublier. Pas même si un millier d'années passait.

Les mots de Felicity l'écorchaient. Il ne pouvait rien faire pour changer qui il était, qui il était destiné à être. Il avait rêvé de l'avenir, et leurs chemins se séparaient de la plus brutale des manières. C'était ainsi que les choses devaient se passer.

Il lui jeta son regard le plus glacial.

— Je ne suis pas l'homme que tu crois.

— Tu es l'homme que j'aime, dit-elle simplement en s'avançant vers lui.

Sa déclaration faillit le faire tomber à genoux. Il ne connaissait ni ne comprenait l'amour en dehors du contexte de la perte d'un être cher. Il avait aimé sa mère. Il avait aimé Felicity. Il avait essayé d'aimer ses sœurs, mais, à cause de son père, il n'avait jamais eu l'impression d'en avoir le droit.

— Tu ne devrais pas m'aimer, Felicity et il est temps que tu le comprennes.

Elle se précipita et agrippa sa main.

— J'aime l'homme dont le meilleur ami est un chien, qui aide une petite fille dans le besoin, qui engagerait un cabinet d'architecture coûteux pour réparer un vieux manoir plein de courants d'air de sorte qu'il devienne une école pour les enfants démunis.

En dehors d'Isis, rien de tout cela n'était vraiment lui. C'était l'influence qu'elle exerçait sur lui. Il retira sa main de la sienne et se redressa avec un mépris forcé.

— Il y a dix ans, j'ai perdu la seule chose qui comptait pour moi, et j'ai passé les années suivantes à perdre tout le reste. Quand il s'est avéré que je ne pouvais pas descendre plus bas, mon père m'a donné un coup de pied : il m'a retiré son soutien financier et m'a dit de me débrouiller seul. J'étais désargenté et seul. J'ai pris la seule chose de valeur qui me restait, les bijoux de ma mère, et je les ai vendus. C'est à partir de cela que j'ai construit tout ce que je suis aujourd'hui. Mon père n'était pas très doué pour l'argent. Sans moi, il n'y aurait pas de fonds pour soutenir Hartwell House. Il y aurait à peine de quoi payer la dot de Bianca.

Il n'avait jamais révélé ces choses à personne, et, aujourd'-hui, elles s'envolaient de sa bouche comme des oiseaux en cage libérés pour la première fois.

Elle le regarda, bouche bée, et les yeux écarquillés.

— Calder, cette époque est révolue. Ton père n'est pas là. Il ne compte pas.

— Il comptera toujours ! Nous sommes les ducs de Hartwell ! Nous sommes fiers de notre tradition de commandement sévère et de sens du devoir rigoureux.

Il ne s'était jamais senti aussi accablé. Les planches du cercueil se refermaient autour de lui.

Incapable de supporter la lumière de sa présence un instant de plus, Calder se retourna et quitta le salon à grands pas, ne s'arrêtant que pour récupérer son pardessus en haut de l'escalier.

Dehors, il s'arrêta, se demandant comment Felicity était arrivée là et comment elle allait rentrer chez elle. Ce n'était pas encore le milieu de l'après-midi, mais il faisait un froid glacial, surtout avec le vent. Puis il aperçut l'écurie avec la fumée qui s'échappait de la cheminée, et le véhicule de la jeune femme à l'extérieur. Le cocher et le cheval devaient être à l'intérieur, ce qui signifiait que Calder n'avait pas à s'inquiéter pour elle.

Mais il le ferait de toute façon.

Il s'inquiéterait pour elle, il la désirerait, il l'*aimerait* pour le restant de ses jours. Jusqu'à ce qu'il repose dans le sol, dans cette boîte en bois implacable.

～

Felicity se précipita en bas et vit Calder hésiter à l'extérieur. Avait-il changé d'avis ?

Elle courut jusqu'à la porte au moment où il se dirigeait vers son cheval. Il monta, et elle appela son nom. Soit il ne l'entendit pas, soit il fit semblant, car il s'éloigna au galop.

Désemparée, elle pivota et rentra dans la maison. Elle remonta péniblement à l'étage pour éteindre le feu dans le salon, ce qu'elle avait eu l'intention de faire des heures plus tôt. Mon Dieu ! Que devait penser le cocher ? Elle avait perdu la notion de… tout depuis que Calder l'avait prise dans ses bras.

Ensuite, ils avaient dormi, leurs corps enlacés. Elle n'était pas certaine d'avoir déjà connu une telle joie, une telle paix. Lorsqu'il l'avait réveillée en criant, le son avait fait naître la terreur au plus profond de son cœur.

Les yeux fous, le cœur de Calder s'était emballé. Elle soupçonnait qu'il avait fait un cauchemar ; comment expliquer autrement son comportement lorsqu'elle l'avait tiré du sommeil ?

Et de quoi avait-il rêvé pour avoir peur à ce point ? Pour le chasser loin de la maison, mais aussi d'elle, apparemment pour toujours ? Il lui avait dit de l'oublier. Mais, comme elle le lui avait dit, c'était hors de question. Elle ne pouvait pas.

Elle n'allait pas le laisser s'enfuir.

Après s'être occupée du feu, elle alla chercher sa cape, son chapeau et ses gants. Une fois emmitouflée, elle se rendit à l'écurie et prévint le cocher qu'elle était prête à partir.

— Je n'en ai que pour quelques minutes, madame, dit-il.

— Nous ne rentrons pas à la maison. Nous allons à Hartwood.

Il inclina la tête.

— Oui, madame Garland.

Lorsqu'ils arrivèrent à Hartwood, Felicity eut le mauvais pressentiment qu'il n'était pas là. Elle frappa à la porte, parcourue d'une énergie nerveuse.

Le majordome, Truro, répondit, et son regard se réchauffa lorsqu'il la vit.

— Quel plaisir de vous revoir, madame Garland ! Joyeux Noël.

— Joyeux Noël à vous aussi. Je suis ici pour voir le duc.

Un petit pli se dessina entre les yeux couleur sherry de Truro.

— Je crains qu'il ne soit pas chez lui. Voulez-vous voir Lady Darlington ou Lady Buckleigh ?

— Oui, s'il vous plaît, répondit Felicity avec beaucoup trop de zèle.

Truro la conduisit au salon, puis prit son manteau, son chapeau et ses gants. Elle s'avança vers la cheminée pour se réchauffer, mais elle était si nerveuse qu'elle finit par faire les cent pas devant l'âtre.

— Felicity ?

Bianca entra dans le salon, Poppy sur les talons.

Felicity s'arrêta et leur fit face.

— Je suis désolée de faire irruption la veille de Noël, mais je suis inquiète pour Calder.

— Nous aussi, dit Bianca en fronçant les sourcils.

Cela ne fit qu'accroître l'inquiétude de Felicity.

— Que s'est-il passé ?

— Nous étions à la chasse à la bûche de Noël, dit Poppy, l'air soucieux. Il a partagé certaines… choses.

Felicity avait été choquée d'apprendre qu'il était parti avec elles, mais apprendre qu'il avait partagé des choses la surprenait encore plus.

— Quelles choses ?

Elle ne pouvait s'empêcher de se demander si elles étaient liées à son cauchemar. Ou à l'état dans lequel il était arrivé à la maison. Il avait eu l'air désorienté, à la dérive, comme s'il cherchait quelque chose ou quelqu'un à qui se raccrocher.

— À propos de notre père, dit Poppy, se rapprochant de Bianca pour lui prendre la main. Il s'est montré horrible avec Calder. Nous ne l'avons jamais su.

Felicity n'avait aucun mal à comprendre ce qu'elles ressentaient. Lorsqu'elle avait appris que son père avait accepté de l'argent de celui de Calder, elle s'était demandé si elle l'avait jamais connu.

— Il a payé mon père pour qu'il nous emmène et quitte

Hartwell afin que Calder et moi ne nous mariions pas. Il a raconté à Calder que j'avais pris volontiers l'argent et que j'avais évité avec plaisir de me marier avec lui. Ensuite, il m'a envoyé une fausse lettre de Calder me disant que nous ne pourrions jamais aller ensemble, que je n'étais pas digne de devenir sa duchesse.

Les deux sœurs écarquillèrent les yeux et leurs mains jointes s'écartèrent. Poppy plaqua une main sur sa bouche, tandis que la mâchoire de Bianca se contractait.

— C'est pour cette raison que tu es partie, dit-elle avec un dédain immense. Sans notre père, Calder et toi auriez été mariés ces dix dernières années.

— Oh, Felicity, c'est juste…, commença Poppy, dont la voix s'enroua.

Elle cligna plusieurs fois des yeux avant de pouvoir continuer.

— Je suis tellement désolée !

— Merci. Mais, c'est du passé, et nous ne pouvons rien y changer. Tout ce que nous pouvons faire, c'est aider Calder à être l'homme qu'il veut être, celui qu'il est au fond de lui, celui dont je suis tombée amoureuse, déclara-t-elle, les regardant attentivement. L'homme que j'aime toujours.

Bianca sourit.

— Je suis très heureuse de l'entendre. Et… je le savais.

Elle adressa un regard triomphant à Poppy.

Celle-ci donnait l'impression de vouloir serrer Felicity dans ses bras, mais ensuite, son sourire s'évanouit.

— Pourquoi es-tu inquiète pour lui ?

— Il était avec moi… après votre chasse à la bûche de Noël, je suppose.

— Il est parti assez brusquement, dit Bianca. Il semblait submergé.

— Et pas d'une bonne manière, précisa Poppy d'une voix sombre. Comment était-il avec toi ?

— Bouleversé, mais ensuite... mieux.

Elle essaya de trouver un mot qui décrirait précisément son humeur sans trop en dire. Elles n'avaient pas besoin de connaître les détails.

— Lorsqu'il est parti, il était de nouveau bouleversé, plus encore qu'à son arrivée. Il m'a dit de l'oublier.

Le souvenir de ce qu'il avait dit lui faisait mal, mais il était encore plus douloureux de répéter ces mots à haute voix à ses sœurs.

— Il est clair que cela n'arrivera pas, dit Bianca d'un ton vif. Où aurait-il bien pu aller ?

Felicity secoua la tête.

— Je n'arrive pas à l'imaginer.

Elle aurait pensé à la maison même où ils étaient allés, puisqu'elle l'y avait trouvé l'autre jour. En dehors de cela, elle n'avait aucune idée de l'endroit où il aurait pu aller. Elle pensa à la prairie où ils avaient pique-niqué... Oui, elle allait vérifier là.

— Et la folie de papa ? demanda Poppy en regardant Bianca, avant de tressaillir. Je ne peux pas m'empêcher de me sentir trahie chaque fois que je pense à lui maintenant.

Bianca hocha la tête, la bouche pincée.

— Quand je pense à tout ce temps que j'ai passé à le soigner quand il était malade, à tout le mal qu'il a dit de Calder, pas un seul mot d'éloge ou d'amour. Je n'ai jamais cherché à savoir pourquoi. J'ai juste accepté que Calder était froid et insensible. Jamais il ne m'est venu à l'idée de comprendre *pourquoi* il était ainsi.

La voix de Bianca se brisa. Elle passa un doigt au coin de son œil ; une larme coula quand même, et elle l'essuya.

— Aucune de nous ne l'a fait, du moins pas assez pour l'aider, lui dit Poppy d'un ton lourd de regrets. Nous sommes aussi responsables que notre père.

— Tout comme Calder, intervint Felicity. Il choisit d'être

ainsi, car c'est simple et familier. Aujourd'hui encore, il essaie de plaire à un homme qu'il n'a jamais pu satisfaire. Il prétend qu'il agit de sorte de mettre son père en colère, et, à un certain niveau, j'en suis persuadée. Cependant, il attend toujours cette approbation qui ne viendra jamais.

— C'est tout à fait logique, dit Poppy, s'entourant de ses bras. Que pouvons-nous faire ?

Le regard de Felicity oscilla d'une sœur à l'autre.

— Nous devons le trouver.

— Tu ne crois pas qu'il reviendra de lui-même ? s'enquit Bianca.

— Je l'ignore. Il était très perturbé, répondit Felicity.

Elle jeta un regard par la fenêtre et aperçut quelques flocons de neige qui flottaient.

— Malheureusement, je dois rentrer chez moi pour m'occuper de ma mère.

Agatha était avec elle, mais c'était la veille de Noël et il fallait qu'elle rentre chez elle auprès de sa famille.

— Tu devrais aller la chercher et revenir, suggéra Poppy. Gabriel t'accompagnera et t'aidera pour tout ce dont tu as besoin.

— Êtes-vous sûres que cela ne vous dérangera pas si nous venons ?

Felicity ignorait comment elle allait aborder le sujet avec sa mère. Elle n'avait pas du tout parlé de Calder avec elle. Une partie de Felicity était encore blessée à cause du rôle que sa mère avait joué en lui cachant la vérité au cours des dix dernières années.

Bianca fit un geste de la main.

— Ce n'est absolument pas un problème. C'est là qu'est ta place, surtout à Noël. Tu es de la famille, lui dit-elle en souriant. Ou du moins, tu le seras dès que Calder et toi serez mariés.

Felicity n'était pas certaine que cela se produirait, pas

après ce qu'il avait dit. Mais après tout ce qui s'était passé depuis son retour, elle ne souhaitait rien de plus.

— Je reviendrai dès que possible.

— Nous allons immédiatement commencer les recherches, annonça Bianca, s'approchant d'elle pour lui prendre la main. Nous le trouverons.

Poppy s'avança et serra l'autre main de Felicity.

— Nous n'allons pas le perdre maintenant, alors que nous l'avons enfin retrouvé. Il a besoin de nous et nous ne le laisserons pas tomber.

Oui, il avait besoin d'elles, et Felicity était prête à remuer ciel et terre pour le trouver.

CHAPITRE 10

Felicity revint à Hartwood avec sa mère dans un laps de temps remarquablement court. Les domestiques avaient déjà commencé à chercher Calder dans le domaine, et Ash et Bianca s'étaient rendus à la folie que l'ancien duc avait construite.

Elle avait installé sa mère avec Poppy, et Gabriel avait insisté pour qu'elle reste à la maison compte tenu de son état et du fait qu'il neigeait à gros flocons. Felicity se prépara à partir à cheval avec lui. Isis gémit depuis sa place devant l'âtre du salon.

— Pourquoi n'est-elle pas dehors à le chercher ? demanda Felicity, se disant que si quelqu'un pouvait le trouver, ce serait son chien bien-aimé.

— Je n'en sais rien, mais elle peut venir avec nous.

— Elle a besoin de son manteau.

Felicity partit à la recherche de Truro, qui l'aida à préparer Isis pour leur excursion.

Alors qu'ils se dirigeaient vers l'écurie, elle fit part à Gabriel de sa seule idée sur l'endroit où il pouvait se trouver.

— Je voudrais aller vérifier une prairie. Elle se situe au nord-est d'ici.

Le trajet devait être de près de deux kilomètres et demi, juste après la limite du domaine.

— Je te suis, lui dit Gabriel.

Ils chevauchèrent rapidement, Isis suivant facilement le rythme. Heureusement, la neige se calma jusqu'à ce qu'ils aient presque atteint la prairie. L'herbe était blanche et d'une beauté froide, si différente de la journée qu'elle avait passée ici avec Calder.

Arrêtant son cheval à côté de Felicity, Gabriel observa les alentours.

— Je ne vois personne.

— Regarde !

Felicity montra Isis du doigt : elle s'était arrêtée avec eux et trottait maintenant vers un groupe d'arbres. Son trot se mua en course tandis qu'elle se rapprochait.

Felicity lança sa monture à la poursuite du chien et entendit Gabriel la suivre. Le cheval de Calder broutait non loin de là sur une parcelle d'herbe sous les arbres qui n'avait pas été recouverte de neige.

Elle chercha la chienne du regard et vit la queue du lévrier dépasser de derrière un arbre. Descendant de sa monture, elle se précipita vers l'animal. Calder était appuyé contre l'arbre, les yeux clos, et ses lèvres avaient pris une teinte grise terrifiante.

— Calder, réveille-toi ! s'écria Felicity.

Elle s'agenouilla à côté de lui, retirant son gant pour toucher son visage. Sa joue était comme de la glace.

— Calder !

Isis donna un coup de museau à son maître, puis grimpa sur ses genoux, posant sa tête sur son torse.

— Elle essaie de le réchauffer, constata Gabriel. Nous devons le ramener à la maison.

Felicity tourna la tête pour regarder le marquis.

— Comment faire ?

— Nous allons le mettre sur mon cheval. Je peux rentrer avec lui.

Caressant la tête d'Isis, Felicity murmura :

— Nous allons prendre soin de lui.

Elle se leva et se tint face à Gabriel.

— Dépêchons-nous.

Il acquiesça, puis alla chercher les chevaux.

— Peux-tu mener son cheval ? demanda-t-il à Felicity.

— Oui.

Elle essayait de ne pas se laisser paralyser par la peur. Calder n'avait jamais eu autant besoin d'elle.

Au prix d'un effort considérable, ils le hissèrent sur le cheval de Gabriel, et ce dernier monta derrière lui. C'était compliqué, et le voyage de retour fut beaucoup plus lent que Felicity ne l'aurait souhaité.

Lorsqu'ils arrivèrent à la maison, Truro se précipita dehors pour aider Gabriel à porter Calder à l'intérieur. Un palefrenier vint s'occuper des chevaux, et Felicity et Isis suivirent les hommes dans la maison.

Poppy se tenait dans le hall d'entrée.

— Où l'avez-vous trouvé ?

— Dans une prairie où nous avons pique-niqué un jour, dit Felicity. J'ai peur qu'il ne soit presque gelé.

— Devrions-nous envoyer chercher le Dr Fisk ? s'enquit Poppy.

— Je n'aime pas l'idée de le déranger la veille de Noël. Je suis sûre que nous pouvons gérer les choses, affirma Felicity, l'air plus calme qu'elle ne l'était.

Si Calder tombait malade, elle ne savait pas trop ce qu'elle ferait. Non, elle ne savait pas ce qu'elle ferait si elle le perdait.

Elle gravit les escaliers à la hâte et se rendit dans la chambre de Calder, où Truro et Gabriel l'avaient déposé sur

le lit. Le valet commença à le déshabiller sous les yeux atten-
tifs d'Isis, assise à côté de son maître. Dans le regard de
l'animal se lisaient tout l'amour et l'inquiétude que Felicity
lui portait aussi.

Ils le bordèrent dans son lit, et deux servantes amenèrent
des poêles chauffantes. Peu de temps après, lorsque Felicity
posa une main sur sa tête, ses pires craintes se confirmèrent.
Il n'était plus froid, mais brûlant de fièvre.

Elle échangea un regard avec Isis.

— Nous n'allons pas le perdre. Je te le promets.

Isis baissa la tête et la posa sur le bras de Calder. S'il
mourait, ce ne serait pas parce que personne ne l'aimait.

Elle repoussa ses cheveux de son front.

— Il y a tant de choses pour lesquelles tu dois te battre,
murmura-t-elle. Reste avec nous. *Je t'en prie.*

Elle pria ensuite pour un miracle de Noël.

～

*I*l avait si froid. Ses doigts et ses orteils étaient
glacés. Il se recroquevilla sur lui-même, mais il n'y
avait tout simplement pas de chaleur. Était-ce ainsi qu'il allait
finir ? Il s'était attendu à être bien plus âgé, d'après la vision
qu'il avait eue de l'avenir.

Mais peut-être qu'il l'était. Peut-être avait-il passé des
années en transe, et que sa vie n'était qu'un vide sombre dont
il ne se souvenait pas. Et c'était peut-être mieux ainsi.

Calder ouvrit les yeux et haleta, le corps secoué de
soubresauts. Il cligna des yeux, essayant de faire le point sur
ce qui l'entourait.

Il y avait de la lumière, de la douceur et… de la chaleur. Il
y avait aussi du mouvement contre son flanc. Cela semblait
être la source de la chaleur. Il tendit la main et sentit la soie
familière et réconfortante de la fourrure d'un chien.

— Calder ?

Il connaissait cette voix. Il cligna des yeux plusieurs fois encore avant que sa vision devienne enfin claire. Felicity se tenait à côté de son lit, et son visage arbora le sourire le plus soulagé qu'il ait jamais vu.

— Que fais-tu ici ?

Sa voix était éraillée et sa gorge lui donnait l'impression de n'avoir pas été utilisée depuis bien longtemps. De plus, son corps entier lui faisait mal. Que lui était-il arrivé ?

Isis donna un coup de museau à la main qu'il avait posée sur sa tête. Calder baissa les yeux et la caressa plusieurs fois en murmurant :

— Bonne fille.

Felicity passa une main sur son front et souffla avant de sourire davantage.

— Ta fièvre est tombée.

Il avait eu de la fièvre ?

— J'avais froid.

— Cela ne m'étonne pas. Isis t'a retrouvé dans une prairie, inconscient contre un arbre, expliqua Felicity avec un regard admiratif vers le chien. Tu étais presque gelé. Tu avais pris froid, évidemment, et tu as eu de la fièvre depuis.

Il vit les stries violettes sous ses yeux, sa robe froissée et ses mèches de cheveux échappées de son chignon. À l'évidence, elle l'avait soigné.

— Pourquoi es-tu ici à t'occuper de moi ?

— Qui d'autre devrait le faire ? Et ne me parle pas de ton valet, d'une femme de chambre ou de Truro. Évidemment que je m'occupe de toi.

Évidemment. Seulement, aux yeux de Calder, ce n'était peut-être pas si évident. Après la façon dont il s'était comporté, elle aurait dû s'enfuir, il lui avait dit de le faire.

Felicity versa de l'eau dans un verre.

— Bois ceci, tu as la gorge desséchée.

Il essaya de s'asseoir, et la pièce bascula sur le côté. Il ferma brièvement les yeux pendant qu'elle l'aidait à s'installer contre la tête de lit.

— Prêt ? demanda-t-elle en lui tendant le verre.

Il acquiesça et prit une première gorgée timide, suivie d'une autre plus longue.

— Tu nous as fait peur, lui dit-elle, caressant les cheveux qui lui tombaient sur le front. J'étais avec Gabriel. Tout le monde était parti à ta recherche dans le domaine. Je me suis dit que tu pourrais être dans notre prairie.

— Apparemment, Isis était avec vous deux, dit-il.

Il rendit le verre à Felicity, qui le posa sur la table de nuit à côté du pichet.

— C'est la meilleure amie que j'aie jamais eue.

Il caressa à nouveau la tête de la chienne et la regarda avec amour. Oui, avec amour. Finalement, il savait ce que c'était que de ressentir. Puis il reporta son regard vers Felicity.

— Après toi.

— Comment pourrais-je être ta meilleure amie ? lui demanda-t-elle, l'air perplexe.

— Personne ne s'est jamais montré aussi persévérant dans son désir de réchauffer mon cœur. Je dirais que cela suffit amplement à te qualifier.

Felicity rit doucement.

— C'est vrai, lui dit-elle en s'asseyant sur le bord du lit à côté de lui, sa cuisse contre la sienne. Pourquoi m'as-tu fui ?

— J'ai été submergé… par l'émotion.

Il ne voulait pas trop en dire.

— C'est ce que j'ai compris en discutant avec tes sœurs. Elles m'ont raconté l'histoire de la bûche de Noël que tu leur as rapportée. Et elles m'ont parlé de ton père, ajouta-t-elle en posant la main sur son bras, toujours sous les couvertures. Cela faisait un certain temps que j'avais compris que ton père s'était montré particulièrement cruel envers toi… Il suffit de voir ce qu'il nous a fait pour comprendre qu'il n'a pas été tendre avec son fils.

— Mais il l'était envers mes sœurs. Elles l'aimaient. Il leur manque.

— Je ne suis pas sûre que ce soit encore le cas. Elles sont malheureuses de savoir que tu as enduré tant de choses sans qu'elles s'en rendent compte.

— J'ai six ans de plus que Poppy, et huit de plus que Bianca. Comment auraient-elles pu voir quoi que ce soit ?

Tout à coup, il lui devenait tout à fait naturel de prendre leur défense. Il les avait autrefois considérées presque comme des ennemies, car elles étaient proches de la personne qui était au cœur de son malheur. Mais comment auraient-elles pu savoir de quelle manière leur père l'avait traité ?

— Je regrette de le leur avoir dit. Elles méritent de se souvenir de lui avec affection.

De la même manière qu'il se souvenait de leur mère, dont elles n'avaient aucun souvenir.

— Elles sont heureuses de connaître la vérité. Elles veulent t'aider du mieux qu'elles le peuvent. Si elles le peuvent. Elles veulent former une famille, lui dit-elle, posant sur lui un regard sévère, le ton contrarié. Avant que tu t'enfuies, on aurait dit que tu avais fait une sorte de cauchemar. J'étais terrifiée pour toi, et alors que nous ne parvenions pas à te retrouver… Tu es un homme très égoïste, Calder.

Il sortit sa main de sous les couvertures et la posa sur la sienne.

— C'est vrai, je suis égoïste. Mais je voudrais ne pas l'être. Ces derniers jours, j'ai vu un passé que je veux désespérément retrouver, un présent que je méprise et un avenir qui me terrifie jusqu'aux tréfonds de mon âme.

— Des cauchemars ? demanda-t-elle, son beau visage se plissant d'inquiétude.

— Parfois. Le passé et le présent étaient réels. Je nous ai vus ensemble, prévoyant de nous marier. Puis mon père a dit que cela n'arriverait jamais.

Il avait tant de choses à lui dire, mais il craignait aussi tellement sa réaction.

— Quand tu comprendras comment j'ai vécu, le genre d'homme que je suis devenu quand j'ai cru que tu me rejetais... Tu voudras partir.

Felicity posa son autre main sur celle de Calder, enroulant ses doigts autour de lui.

— Jamais.

— Ce futur que j'ai vu... tu étais là. Tu étais mariée à quelqu'un d'autre. Tu avais des enfants et des petits-enfants. Tu étais si heureuse !

— Mon mari te ressemblait-il ?

Pour être honnête, il ne se rappelait pas le visage de l'homme.

— Je ne sais pas. Mais j'étais mort. Seuls mes sœurs et leur mari, ainsi qu'un pasteur que je n'ai pas reconnu, sont venus à mon enterrement. Je suis mort seul.

— Ce n'est pas l'avenir, alors, dit-elle d'un ton ferme, se penchant vers lui. Parce que je ne compte épouser que toi, et si nous sommes particulièrement chanceux, nous aurons des enfants et des petits-enfants. Et j'ai l'intention d'être très heureuse.

Felicity avait les yeux si brillants qu'il y croyait presque.

— Lorsque mon père m'a dit que tu m'avais quitté, je suis allé à Londres où je me suis comporté de manière répréhensible. J'ai tout gâché : mon argent, mes amitiés, ma réputation. Rien de tout cela n'avait d'importance pour moi sans toi. Lorsque j'ai appris que tu t'étais mariée, cela n'a fait qu'empirer.

Sa voix se brisa et elle lui serra la main. Isis se rapprocha de lui.

— Ensuite, mon père m'a coupé les vivres. Je me suis réveillé un jour dans une allée crasseuse à l'extérieur d'un cercle de jeu. Je n'avais pas pu régler une reconnaissance de dette. Plusieurs hommes m'ont roué de coups. Ce n'était pas qui je voulais être. À partir de ce moment-là, je me suis reconstruit ; en tout cas, en ce qui concerne l'argent. Et ma réputation s'est un peu améliorée, expliqua-t-il avec un sourire triste. Je n'étais plus connu comme un dépensier, mais comme un avare arrogant qui ne cherchait pas à être heureux.

— On peut dire que tu as bien perfectionné ce personnage, dit-elle avec une bonne dose d'ironie.

— Oui, répondit-il avec un petit rire qui tenait du miracle, mais ne dura pas. J'ai été horrible avec toi. Et avec mes sœurs. Et avec les habitants de Hartwood et Hartwell.

— Tu t'es déjà reconstruit une fois, et je suis sûre que tu peux le refaire. Mais, cette fois, tu seras le duc Joyeux.

Elle garda le silence un moment, et il sentit la bataille qui faisait rage dans son regard.

— Si tu en as envie.

— Oui, c'est ce que je *veux*. Mais je ne suis pas sûr de pouvoir l'*être*.

— Je viens juste de te dire que tu pouvais le faire. Douterais-tu de moi ?

— Non ! répondit-il en réfrénant un sourire.

Elle le manipulait, et il appréciait.

— Promets-tu de ne plus jamais t'enfuir ?

Il la regarda droit dans les yeux.

— Je te le promets.

— Bien, parce que nous sommes ensemble dans cette histoire. Nous avons perdu trop de temps.

Isis s'étira à côté de Calder. Il tourna la tête et vit qu'elle le dévisageait avec une adoration totale.

— Je t'aime aussi, murmura-t-il à son chien, puis il se tourna vers Felicity. Mais je t'aime encore plus.

Avec une grimace, il jeta un nouveau coup d'œil à la chienne.

— Désolé.

Isis posa sa tête sur sa main. Apparemment, cela ne la dérangeait pas.

Felicity posa les mains sur le visage de Calder et le regarda sans ciller.

— Viens-tu de dire que tu m'aimes ?

Il ouvrit la bouche pour se répéter, mais elle l'embrassa, avant de s'éloigner en riant.

— Je croyais qu'il faudrait des mois, voire des années, pour que tu le dises. Je t'aime tellement, Calder !

— J'ignore pourquoi.

Elle haussa un sourcil.

— C'est très révélateur quand un chien aime quelqu'un autant qu'Isis t'aime, affirma-t-elle, tendant une main pour tapoter la tête de la chienne. Et c'est une chienne très intelligente.

— C'est vrai, confirma-t-il avant de froncer les sourcils. Je crains de ne pas savoir quel jour nous sommes. Ai-je complètement raté Noël ?

Elle hocha la tête.

— J'en ai bien peur. C'est la Saint-Étienne.

Il s'assit contre la tête de lit, redressant sa colonne vertébrale.

— C'est vrai ? Je veux aller à la fête. Pourquoi n'y es-tu pas ?

Elle inclina la tête sur le côté en riant.

— Parce que je prenais soin de toi, idiot ! Je ne pense pas que tu devrais sortir du lit aujourd'hui.

— Désolé, mon amour, mais la vie est trop courte pour que je manque cette célébration. Les ducs de Hartwell ne la ratent *jamais*. Je crains de devoir y aller que cela te plaise ou non.

Elle se leva du lit, les lèvres pincées en une moue désapprobatrice.

— D'accord, mais seulement pour un petit moment.

Il glissa les jambes hors du lit et s'accrocha au montant en se levant.

— Je suis d'accord si tu consens à m'épouser.

— Si c'est une demande en mariage, elle n'est pas terrible. Mais cela n'a pas d'importance. Tes sœurs et moi avons déjà organisé la noce. Elle aura lieu à Cuthbert le lendemain de l'Épiphanie.

Oui, elle le manipulait, sans le moindre doute, et cela ne le dérangeait absolument pas.

— Parfait. Je suis d'accord. Je serais ravi d'être ton mari.

Un rire bruyant et joyeux jaillit des lèvres de Felicity. Il se joignit à elle, puis il la prit dans ses bras. Elle l'embrassa à nouveau, bien trop brièvement, et il la serra encore plus fort.

— Peut-être pourrions-nous prendre quelques minutes de plus ?

Elle recula et agita un doigt sous son nez.

— Tu as déjà de la chance que je te laisse sortir.

Elle avait raison.

— J'ai de la chance dans tous les domaines possibles, dit-il doucement en la relâchant. Je suis à ton entière disposition.

— Nous devons t'habiller.

Elle lui adressa un sourire éclatant, puis l'accompagna jusqu'à son dressing.

— Je pourrais m'habituer à t'avoir comme valet, lui dit-il.

Était-ce vraiment en train de se produire ? Était-elle vraiment ici avec lui ? Il lui serra la main, s'arrêtant alors qu'ils venaient de franchir le seuil du dressing.

— Dis-moi que ce n'est pas un rêve.

Elle lui serra les doigts.

— C'est un rêve, mon amour. Un rêve qui devient réalité.

≈

*L*e temps s'était fort heureusement réchauffé le jour de Noël, et la fête qui se déroulait sur les terres de Hartwood était une merveille à voir. De grandes tentes abritaient des tables chargées de nourriture, des tonneaux de vin et de bière, ainsi que des sièges où les gens, en particulier les personnes âgées et les infirmes, pouvaient s'asseoir et converser. Et rire. Les rires constituaient la musique de la journée.

Les tentes étaient décorées de branches de pin et de gui. L'une d'elles était entièrement consacrée à des jeux tels que le jeu du Dragon. Les enfants couraient dans tous les sens autour de la tente et participaient à d'autres jeux tels que *Le chat dans le coin* et *La chasse au renard*.

— Je veux aller parler à Mme Armstrong, annonça Calder.

Elle se tenait entre Poppy et Gabriel près de l'un des jeux et riait.

— D'accord.

Felicity avait insisté pour qu'il s'accroche à son bras tout le temps qu'ils étaient dehors. Il était affaibli par la fièvre qui l'avait cloué au lit depuis un jour et demi. Cela ne faisait-il vraiment qu'un jour et demi ? Elle avait eu l'impression qu'il s'agissait de la période la plus longue de sa vie. Elle avait eu tellement peur de le perdre ! Après tout ce temps qu'ils avaient passé loin l'un de l'autre et tout ce qu'il avait vécu, cela n'aurait pas été juste.

Les yeux de Poppy s'illuminèrent lorsqu'elle vit Calder et Felicity venir vers eux. Lorsqu'ils les rejoignirent, il regarda Felicity et commença à retirer son bras du sien. Elle comprit ce qu'il voulait faire, et hocha la tête pour lui indiquer son accord.

Se tournant vers Poppy, Calder l'étreignit farouchement.

— Je suis désolé, dit-il d'une voix douce, mais Felicity l'entendit.

— Je suis si heureuse que tu ailles bien, dit Poppy qui s'éloigna de son étreinte et lui sourit. Tu ne devrais pas être ici.

— Je suis le duc. Il n'y a nulle part ailleurs où je devrais être, dit-il avant de lui embrasser la joue, puis de se tourner vers Gabriel, lui tendant la main. Darlington.

— Il serait temps que tu m'appelles Gabriel. Si tu en as envie.

— Je veux bien, mais seulement si tu cesses de m'appeler Chill. Je n'ai jamais aimé ce nom.

— Ça me va, dit Gabriel.

— Je suis heureuse de voir que vous allez mieux, my lord, dit Mme Armstrong en faisant une révérence. On m'a dit que vous étiez souffrant.

— Je n'aurais pas voulu manquer la fête de la Saint-Étienne, dit-il avant de tressaillir légèrement. Oh ! J'ai essayé, mais j'ai repris mes esprits maintenant.

Il adressa un sourire à Felicity, et lui prit à nouveau le bras.

— C'est grâce à Mme Garland, qui sera bientôt la duchesse de Hartwell.

Mme Armstrong joignit les mains.

— Comme c'est merveilleux !

— Je voulais m'assurer de vous informer que j'amènerai plusieurs chiens et d'autres chats à Hartwell House. Les enfants ont besoin d'animaux domestiques.

Un petit pli se forma entre les sourcils de Mme Armstrong.

— J'ai un chat et il y a des chèvres.

— Les chèvres ne sont pas de bons animaux de compagnie, dit-il avec ironie. Vous avez besoin de chiens. Et de plus de chats.

— Quelle merveilleuse idée ! s'exclama Poppy.

— Qu'y a-t-il ? demanda Bianca qui les rejoignait avec Ash.

Elle se tourna vers Calder.

— On dirait que tu vas mieux, mon frère, mais est-ce bien raisonnable que tu sois dehors ?

— Felicity s'occupe très bien de moi. Mais j'ai bien l'impression que Poppy et toi aidez beaucoup. J'ai cru comprendre que vous aviez planifié nos noces.

— Il fallait bien le faire ! répondit Bianca avec un haussement d'épaules, arborant un sourire rayonnant. Est-ce que cela signifie que tu as dit oui ?

— *Elle* a dit oui, annonça Calder, riant en regardant Bianca, Poppy et Felicity. Je crains que ma vie ne soit plus jamais la même.

Il regarda sa future femme droit dans les yeux avant d'ajouter doucement :

— Et pour cela, je te serai éternellement reconnaissant.

— Qu'est-ce que j'ai manqué ? s'enquit Bianca.

Avant que quiconque puisse répondre, Alice, la fille de Hartwell House que Calder avait aidée, courut vers lui et lui passa les bras autour de la taille.

— Ils ont dit que vous étiez malade !

— Je l'étais, répondit-il en retirant son bras de Felicity pour serrer Alice dans ses bras. Mais je ne voulais pas manquer la fête. Est-ce que tu t'amuses ?

Il s'était accroupi pour lui parler.

Elle hocha la tête et afficha un large sourire.

— J'ai déjà battu Freddie deux fois au jeu du Dragon !

Elle leva les doigts, d'un rouge vif après avoir retiré des raisins d'un bol de cognac enflammé.

— Magnifique ! Tu seras ravie d'apprendre que
Mme Armstrong a accepté que je ramène des chiens et des
chats à Hartwell House la semaine prochaine, annonça-t-il
en souriant. Tu pourras choisir un chiot.

Les yeux d'Alice s'écarquillèrent, et elle se jeta sur lui si
fort qu'il perdit l'équilibre et tomba à la renverse sur le sol.
Horrifiée, la fillette se releva d'un bond, la mâchoire grande
ouverte.

— Je suis vraiment désolée, my lord !

Calder releva la tête.

— Je vais bien.

Felicity se précipita pour l'aider, mais Ash et Gabriel se
chargèrent de le remettre sur ses pieds.

— Tout va bien, alors ? s'enquit Ash.

Calder lui serra la main en signe de gratitude.

— Ça va, merci.

— Je pense que tu devrais retourner à l'intérieur, dit Felicity, inquiète qu'il soit tombé, même si c'était uniquement
parce que la fillette lui avait sauté dessus. Tu pourrais t'asseoir dans le salon et observer les festivités depuis la fenêtre.

— Je dois d'abord faire mon discours. Le duc fait toujours
un discours.

Felicity s'apprêtait à dire que ses sœurs pouvaient s'en
charger, mais ce fut Bianca qui prit la parole en premier.

— Il a raison. Je vais attirer l'attention de tout le monde.

Calder lança à Felicity un regard qui semblait signifier
qu'il n'y était pour rien, ce à quoi elle répondit en levant les
yeux au ciel. Elle l'escorta jusqu'à la petite estrade, où Bianca
souffla dans une corne.

Cela prit une minute, mais les conversations s'apaisèrent,
et tout le monde cessa ses activités ou quitta les tentes pour
regarder vers l'estrade.

Calder passa une main sous son œil, mais Felicity n'avait

pas vu s'il y avait une larme. Elle lui tint la main et la serra fort, lui offrant toute la force et l'amour qu'elle avait.

— Joyeuse Saint-Étienne ! s'écria-t-il, surprenant Felicity par le volume de sa voix, étant donné qu'il avait été malade. Bienvenue à Hartwood. C'est un plaisir pour moi, et pour nous, ajouta-t-il avec un geste vers sa famille, de vous avoir ici. Je voudrais commencer par vous dire que nous aurons bientôt une nouvelle célébration, car je vais épouser la femme charmante qui se trouve à mes côtés. Je vous présente la future duchesse de Hartwell !

Il s'inclina devant Felicity, qui rougit sous les applaudissements et les acclamations.

Lorsque les félicitations s'estompèrent, Calder poursuivit.

— Je tiens à remercier mes sœurs, Lady Darlington et Lady Buckleigh, pour leur travail acharné et leur dévouement à la réalisation de cette célébration, ainsi que pour tout ce qu'elles font pour Hartwell House et notre village.

Les applaudissements redoublèrent. Poppy et Bianca firent une révérence sur l'estrade.

Après quelques instants, Calder put continuer.

— Je tiens également à remercier Lord Darlington et Lord Buckleigh pour l'aide qu'ils m'ont apportée aujourd'hui et chaque jour passé. Je dois également apporter mes remerciements à Lord Thornaby pour son aide et sa volonté d'accueillir la fête quand j'étais... quand je me comportais comme un idiot.

Des hoquets de surprise et des hochements de tête se remarquèrent parmi la foule.

— Je n'ai aucune excuse pour mon comportement depuis que je suis devenu duc, mais je vous fais la promesse aujourd'hui que les habitants de Hartwood et de Hartwell sont ma principale préoccupation. J'ai hâte de remettre en état Hartwell House et de participer à la reconstruction de

Shield's End. Et je veux que chacun d'entre vous sache que je suis là pour vous soutenir et assurer votre bien-être.

Les acclamations et les applaudissements reprirent et se poursuivirent jusqu'à ce que Calder lève la main.

— Pardonnez-moi, mais j'ai besoin de me reposer avant de m'effondrer, car il est vrai que je suis malade. Si je ne rentre pas, je crains que ma fiancée ne me traîne de force à l'intérieur.

Il lui adressa un regard amoureux. Elle secoua la tête devant une salve de rires.

— Avant de partir, je voudrais également annoncer que nous aurons désormais deux nouvelles célébrations au calendrier. Nous organiserons une fête du premier mai, et un festival des récoltes. Maintenant, profitez de la journée !

Les applaudissements et les acclamations allèrent crescendo, et Calder passa la demi-heure suivante à serrer les mains des gens et même à leur donner quelques accolades. Lorsque Felicity le ramena de force à l'intérieur, elle constata qu'il était très fatigué.

— Ne tiens pas compte de ce que j'ai dit à propos de regarder depuis le salon. Tu vas retourner au lit.

— Dieu merci ! dit-il.

— Puis-je vous aider ? s'enquit Truro, qui, apparemment, les avait suivis à l'intérieur. J'ai l'impression que Monsieur a besoin d'aide.

Calder se tourna vers Truro.

— Vous devriez être dehors en train de faire la fête. C'est votre journée.

— Je le ferai, mais d'abord, je voudrais m'assurer que vous soyez à l'aise.

— Je ne vous mérite pas, Truro, dit Calder d'un ton sérieux. Vraiment. Vous avez beaucoup enduré par ma faute au cours de ces derniers mois.

— Je savais que cela ne durerait pas, my lord. De plus, j'ai supporté votre père bien plus longtemps, et je suis toujours là, ajouta-t-il avec un clin d'œil. Ça ira. Et je suis là pour vous aider. Venez, nous allons vous accompagner à l'étage.

Calder les laissa tous deux l'aider à monter dans sa chambre à coucher et, peu de temps après, il était de nouveau installé dans son lit. Truro avait insisté pour que quelqu'un prépare une tasse de thé et avait promis qu'elle serait prête rapidement.

— Merci, Truro, dit Calder lorsque le majordome partit, puis il se tourna vers Felicity. Je ne le mérite vraiment pas. Mais je ne te mérite pas non plus.

— Je t'en prie, promets-moi que tu ne continueras pas à dire cela.

— Tous les jours pour le reste de notre vie. Je crains que tu ne doives t'y habituer.

Isis sauta sur le lit et s'assit sur ses pieds. Elle les avait accompagnés dehors, mais avait fini par jouer avec des enfants de Hartwell House. À présent, elle semblait heureuse de somnoler sur les pieds de son maître et de lui tenir chaud.

Le thé arriva avec des toasts, que Calder dévora avec avidité. Puis il bâilla, et Felicity insista pour qu'il dorme.

— Mais je dors depuis plus d'un jour.

Il bâilla à nouveau et s'enfonça dans le lit en dépit de ses protestations.

Felicity le borda et l'embrassa sur la tempe.

— Tu ne viens pas avec moi ? lui demanda-t-il. Tu parais fatiguée toi aussi. Je sais que tu n'as pas dû beaucoup dormir.

— C'est vrai, répondit-elle, jetant un coup d'œil vers la porte. Mais ce ne serait pas vraiment correct, n'est-ce pas ?

— Les fiançailles valent le mariage, et je viens de les annoncer à tout le monde. En outre, j'ai largement dépassé les règles de la bienséance en ce qui nous concerne. Je ne passerai pas un autre moment sans toi.

Après s'être déshabillée jusqu'à sa chemise, elle grimpa

dans son lit et se blottit contre lui. Ses respirations étaient profondes et régulières, et elle était presque certaine qu'il était déjà endormi.

C'est alors qu'il la surprit en parlant, gardant les yeux fermés.

— Merci de m'avoir secouru.

— Il n'y avait pas que moi.

— Pas dans la prairie, insista-t-il, ouvrant les yeux en tournant la tête vers elle. Des ténèbres.

Elle sourit doucement et lui toucha la joue.

— Tu t'es sauvé tout seul, tu avais juste besoin d'un peu d'aide.

— Heureusement, j'avais un ange à mes côtés.

Il l'embrassa sur le front, puis ferma à nouveau les yeux.

À présent, elle était certaine qu'il s'était endormi. Elle murmura :

— Je pense que nous avions tous deux un ange à nos côtés.

ÉPILOGUE

Veille de Noël 1812

— Est-ce qu'elle va rentrer ? demanda Bianca en penchant la tête sur le côté tandis que Calder déposait l'énorme bûche de Noël dans l'âtre avec l'aide de Gabriel et d'Ash.

— Peut-être ? répondit Felicity en caressant son ventre rond.

Calder était littéralement obsédé par le fait qu'il allait devenir père. Il ne pouvait s'empêcher de la contempler.

— Calder, c'est très lourd, dit Gabriel, ramenant son attention sur le sujet.

Avec un grognement, il cala le bout dans la cheminée.

— Pose-la.

Gabriel se posta à l'extrémité opposée et, soulevant son côté dans la cheminée, laissa la bûche retomber sur les braises de celle de l'année précédente. Ils les avaient répandues ce matin-là, sorties de la boîte dans laquelle elles étaient conservées depuis le lendemain de l'Épiphanie.

Le jour où Felicity et lui s'étaient mariés. Ce qu'elle ignorait, c'était qu'il avait gardé suffisamment de charbon de cette bûche pour qu'ils puissent en utiliser un morceau à chaque Noël. Il sourit à cette pensée, son regard se portant à nouveau sur sa bien-aimée.

Elle se tenait entre Poppy, qui tenait dans ses bras son fils Thaddeus, âgé de quatre mois, et Bianca, enceinte elle aussi, mais pas encore de manière évidente. Ash et elle accueilleraient leur bébé au début de l'été, tandis que Felicity devait accoucher d'ici quelques semaines.

Il avait du mal à croire combien sa vie avait radicalement changé et combien il était reconnaissant que l'avenir qu'il avait entrevu ne soit pas le sien. En tout cas, en partie. S'il était l'homme qui se tenait aux côtés de Felicity, entourés de leurs enfants et petits-enfants, il s'estimerait heureux.

— Elle rentre, dit Ash, reculant pour passer un bras autour de Bianca. À peine.

— Elle ne devrait pas avoir de mal à tenir jusqu'à la fin de la douzième nuit, constata Bianca en se serrant contre le flanc de son mari.

Calder entreprit d'allumer l'énorme bûche, ce qui n'était pas une mince affaire. Au bout d'un certain temps, le feu prit. Tout le monde applaudit, y compris les mères de Felicity et d'Ash, présentes, elles aussi, et l'on servit du cognac.

— À la famille ! s'exclama Calder en levant son verre.

Tout le monde leva son verre en réponse pour porter un toast.

Calder aida Felicity à s'installer sur un canapé et s'assit à côté d'elle. Les mères prirent place sur des fauteuils, et ses sœurs sur d'autres canapés avec leur mari.

— Ma mère dit que les préparatifs vont bon train à Hartwell House, dit Felicity en jetant un coup d'œil vers

Alicia Templeton. Je suis désolée de ne pas avoir pu vous aider.

Elle était plutôt fatiguée depuis une semaine et Calder avait insisté pour qu'elle ne se surmène pas. Même s'il n'était pas aussi pétrifié par la grossesse et l'accouchement que Gabriel l'avait été, il ne voyait pas de raison de prendre des risques inutiles.

— Nous avons eu beaucoup de bras disponibles, dit Poppy en jonglant avec son fils et son verre de cognac. Ce qui n'est pas le cas pour moi en ce moment !

Elle rit et tendit son verre à Gabriel pour mieux installer Thaddeus.

— Shield's End ne pourra pas être habitable avant quelques semaines.

En effet, il restait encore beaucoup de choses à faire, et ce, malgré la présence de l'entreprise engagée, ainsi que l'aide de Calder, Gabriel, Ash et de nombreux autres habitants de Hartwell. Cela avait demandé un énorme effort de la part de la communauté, et c'était uniquement grâce à cela que la reconstruction avait pu se faire aussi rapidement.

Bianca s'adossa à son canapé et se cala contre son mari.

— Il ne faut pas que cela arrive trop tôt. L'école accueillera ses premiers élèves au début du mois de février.

Hartwell House serait bientôt connue sous le nom de l'école Hartwell. Ils avaient prévu d'en faire une école de jour uniquement, mais la demande d'internat avait été si forte qu'ils avaient ouvert des places à un petit nombre de candidats du comté de Durham. Les places avaient été rapidement pourvues, et l'on discutait déjà de la manière d'agrandir l'école pour en ouvrir davantage.

Malgré son jeune âge, Dinah Kitson s'était révélée être une excellente gestionnaire pour l'école. En fait, elle n'était pas aussi jeune qu'ils l'avaient tous supposé. Elle avait presque l'âge de Poppy.

Les travaux de réparation de Hartwell House avaient été achevés au printemps dernier.

— Excusez-moi un instant, dit Poppy en donnant Thaddeus à son père.

Bianca se leva.

— Oh, oui, moi aussi !

Calder les observait, perplexe, tandis qu'elles se dirigeaient vers un petit bureau dans un coin de la pièce. Un violent coup de pied de l'enfant dans le ventre de Felicity attira son attention. Elle leva le regard vers lui, les yeux brillants.

— Il est très actif ce soir.

— En général, *elle* est très active le soir. Je crains qu'elle ne nous empêche de dormir.

— Peut-être.

Felicity lui prit la main et la posa sur son ventre. Calder sentit un autre coup de pied sur sa paume.

— Calder, nous avons quelque chose pour toi, annonça Bianca.

Ses deux sœurs étaient maintenant debout devant lui, et Poppy tenait une boîte.

Il les regarda, confus.

— Mais nous avons échangé des cadeaux le jour de la Saint-Nicolas ! Poppy, tu m'as offert un joli gilet brodé, et Bianca, tu m'as offert un livre.

— Oui, eh bien, ce cadeau n'était pas tout à fait terminé, dit Poppy en jetant un coup d'œil à son mari, puis en donnant la boîte à Calder. Il nous a fallu beaucoup de temps pour trouver la dernière pièce, qui n'est arrivée qu'hier.

Calder prit la boîte et la posa sur ses genoux. Il tourna la tête pour regarder Felicity.

— Sais-tu quelque chose à ce sujet ?

Elle secoua la tête.

— Non. Mais j'ai vraiment envie de voir ce que c'est. Dépêche-toi de l'ouvrir.

La boîte mesurait trente centimètres sur quinze, et elle devait faire huit centimètres de haut. Il devinait que c'était une boîte à bijoux, mais pourquoi lui offrir une telle chose ?

Le couvercle était muni d'une charnière, et d'un petit fermoir. Il l'ouvrit. Le contenu lui coupa totalement le souffle.

Sur un lit de velours brun étaient disposés les bijoux de sa mère : le collier d'émeraudes, les boucles d'oreilles et la bague. Il n'arrivait pas à en croire ses yeux.

Il retint les larmes qui lui brouillaient la vue lorsqu'il regarda ses sœurs.

— Est-ce qu'ils sont vrais ? murmura-t-il.

Les deux acquiescèrent.

— Ash et Gabriel ont passé beaucoup de temps à les chercher la saison dernière, expliqua Bianca. Je crois que la bague a fini dans un endroit peu recommandable.

Poppy lui donna un coup de coude en chuchotant :

— Arrête, il va se sentir mal.

— Comment pourrais-je me sentir mal ? demanda-t-il, touchant les bijoux.

Il revoyait sa mère qui les portait à Noël lorsqu'il était enfant.

— C'est le plus beau cadeau que j'ai jamais reçu, affirma-t-il, regardant Felicity, le cœur si plein qu'il craignait qu'il n'éclate. En dehors de toi et du bébé.

Elle posa la main sur la sienne au-dessus des bijoux.

— Je sais ce que tu voulais dire, le rassura-t-elle avant de sourire à ses belles-sœurs. C'est vraiment adorable.

— Eh bien, il est évident que je ne peux pas les porter, dit Calder en orientant son corps vers Felicity. Et j'ai toujours voulu que ma femme les ait. Lorsque je t'ai perdue, je ne voyais personne d'autre les porter. J'ai détesté me séparer de cet ensemble, mais je me suis convaincu que je n'en avais pas besoin. Pas sans toi.

Felicity leva la main pour la poser sur sa joue.

— Oh, Calder !

Il se tourna vers ses sœurs.

— Cela vous ennuierait-il que je les donne à Felicity ?

— Bien sûr que non, dit Poppy, rayonnante. Nous nous attendions à ce que tu le fasses, et nous sommes ravies qu'elle les ait.

Calder ne leur aurait pas reproché de vouloir garder ces bijoux pour elles. Mais elles n'avaient aucun souvenir de leur mère, tandis que lui, oui.

— Merci.

Il sortit le collier de la boîte et le tendit vers Felicity. Elle se tourna pour qu'il puisse le lui attacher autour du cou. Lorsqu'elle pivota à nouveau, Calder eut les larmes aux yeux à nouveau.

Elle passa un doigt sur sa joue pour en attraper une, et elle lui sourit.

— Ce sont des larmes de bonheur, j'espère.

— Les plus heureuses qui soient. Merci, répondit-il, puis il se tourna vers ses sœurs, et ses beaux-frères, ainsi que les mères de Felicity et d'Ash. Merci à vous aussi !

Tout le monde s'esclaffa. Bianca sourit.

— Joyeux Noël, Calder.

Il passa son bras autour de Felicity et l'attira près de lui pour déposer un baiser sur sa tempe.

— Joyeux Noël à tous.

Fin

Merci beaucoup d'avoir lu *La Joie du duc* ! C'est le dernier livre de ma série de Noël, *Il y a de l'amour dans l'air.* J'espère que vous avez apprécié la trilogie ; j'ai pris beaucoup de plaisir à l'écrire ! Si vous pensez que certains des personnages secondaires pourraient avoir besoin d'une histoire et de leur *happy end*, envoyez-moi un message !

NOTE DE L'AUTEURE

Je me suis dit qu'il serait amusant d'écrire une trilogie de Noël en m'inspirant des contes classiques de la période des fêtes. J'ai tout de suite su que je voulais écrire *Le Duc Scrooge* (le personnage du *Chant de Noël* de Charles Dickens), sauf que *La Joie du duc* semblait être un bien meilleur titre. En fait, je crois que ce titre qui m'est venu à l'esprit est à l'origine d'*Il y a de l'amour dans l'air*.

J'adore créer un personnage plutôt méchant qui doit se transformer en un héros digne de se pâmer. J'ai un faible pour les histoires de rédemption, et celle de Calder est très intéressante. En écrivant une série sur les frères et sœurs, j'ai voulu explorer la manière dont leurs expériences et leurs perspectives pouvaient être très différentes, ainsi que le fait que nous avons chacun notre propre chemin à parcourir. J'espère que vous avez aimé celui qu'ont pris Calder et Felicity.

L'institution pour les femmes démunies est une création qui m'est entièrement propre. Elle s'inspire des hospices de l'époque, mais je ne voulais pas d'un « véritable » hospice, qui séparait les hommes, les femmes et les enfants qui ne voyaient pas souvent leurs parents, et qui ressemblait davantage à une prison.

Je remercie et j'embrasse Rachel Grant pour les séances d'écriture très utiles et pour notre amitié fabuleuse.

J'espère que vous avez apprécié cette histoire inspirée ! Et joyeux Noël ! :)

DU MÊME AUTEUR

Il y a de l'amour dans l'air

Le Comte flamboyant

Le Cadeau du marquis

La Joie du duc

Les Insaisissables

Le Comte sans héritier

L'inaccessible Duc

Le Duc Audacieux

Le Duc Malhonnête

Le Duc des Désirs

Le Duc Provocateur

Le Duc Dangereux

Le Duc Solitaire

Le Duc Ravageur

Le Duc Menteur

Le Duc Galant

Le Duc des Baisers

Le Duc Boute-en-train

Le Duc Inattendu

Le Marquis Charmeur

Le Vicomte Blessé

Le Club des Ducs Fringants

Une nuit de séduction par Erica Ridley

À PROPOS DE L'AUTEUR

Darcy Burke est l'auteure à succès USA Today de romance sexy, sentimentale historique et contemporaine. Darcy a écrit son premier livre à 11 ans, une fin heureuse entre un cygne accro à la magie et une femelle cygne qui l'aimait, avec des illustrations extrêmement pauvres.

Native de l'Oregon, Darcy vit en bordure des vignes avec son mari guitariste, une fille artiste d'un incroyable talent, et un fils débordant d'imagination qui écrira sans doute un jour mieux qu'elle (et peut-être dès demain). Ils forment une famille-à-chats un peu folle, avec deux bengals, un petit chat en quête de notoriété qui porte le nom d'un fruit, un vieux maine-coon rescapé plutôt arrogant, et une collection de chats du voisinage qui trainent sur la terrasse et entrent quelquefois. Vous trouverez Darcy au chai, dans son confortable fauteuil d'écrivain avec son portable et un ou trois chats sur les genoux, en train de plier son linge (ce qu'elle adore), ou encore devant le télévision avec sa famille. Ses havres de bonheur sont Disneyland, le week-end du Labor Day au Gorge, Le Danemark et partout au Royaume-Uni – tant que sa famille y est aussi. Retrouvez Darcy en ligne à https:// www.darcyburke.com et suivez-la sur ses réseaux sociaux.